REVES

Joaquin Ruiz

Illustration de couverture :

Arnold Böcklin : *L'île des morts* (1883)

Alte Nationalgalerie de Berlin

REVES

Ils sont six amis, Sarah et Samuel, Dina et Dylan, Akou et Andrea.

Ils rêvent beaucoup les uns des autres.

Ils se racontent leurs rêves au réveil pour ne pas les oublier, et les écrivent même, parfois, pour celui à qui ils sont destinés.

Ils voyagent beaucoup la nuit : dans les forêts, dans les montagnes, dans les grottes, sur les plages, dans les ports, sur la mer, sur les lacs, dans le ciel, dans les villages, dans les maisons, dans les caves et dans les greniers.

Dans le temps aussi : dans l'enfance, dans la naissance, dans la mort, dans les saisons, dans les sensations, dans les désirs, dans la séduction, dans les jouissances, dans les inquiétudes, dans les angoisses et les terreurs.

Dans les transgressions et les fantasmes surtout.

Comme nous tous.

Un roman dont la seule matière est le rêve. Des rêves qui se répondent, se croisent et s'entrecroisent.
Un roman où les histoires vraies et la réalité ont disparu, et ne peuvent qu'être imaginées par le lecteur.

Joaquin Ruiz, après avoir été professeur agrégé de philosophie au Lycée du Mirail, a exercé le métier de psychiatre et de psychothérapeute à Toulouse.

Il a publié précédemment « Dits et inter-dits », « Scopies », « Lecture de Spinoza », « Un Nobel à Davos », « Un hiver dans le Tarn », « Cabanes », « Erres » et « Fuites ».

« En este mundo, en conclusión,
todos sueñan lo que son,
aunque ninguno lo entiende.
Yo sueño que estoy aquí
destas prisiones cargado,
y soñé que en otro estado
más lisonjero me vi.
¿ Qué es la vida ? Un frenesí.
¿ Qué es la vida ? Una ilusión,
una sombra, una ficción,
y el mayor bien es pequeño ;
que toda la vida es sueño,
y los sueños, sueños son. »

« Dans ce monde, en conclusion,
tous rêvent ce qu'ils sont,
bien que personne n'en ait conscience.
Moi je rêve que je suis ici
chargé de ces fers,
et j'ai rêvé que je fus autrefois
dans un autre état plus flatteur.
Qu'est-ce que la vie ? Une frénésie.
Qu'est-ce que la vie ? Une illusion,
une ombre, une fiction,
et le plus grand bien est petit ;
car toute la vie est rêve,
et les rêves, rêves sont. »

Pedro Calderón de la Barca :
La vida es sueño (1635)
fin de l'acte II
(traduction Joaquin Ruiz).

SARAH

MONTAGNE

Ce matin nous partons à l'aube avec Samuel depuis le refuge du Portillon, pour une longue course de trois jours en suivant la crête des 3000 : les Gourgs Blancs, le Seilh de la Baque et peut-être le Perdighero pour terminer, avant de redescendre sur le lac du Portillon.

On a pris la tente et les duvets pour bivouaquer, il fait grand bleu, on est seuls tous les deux. On est déchaînés : quand je le vois marcher devant moi avec ses mollets velus et ses fesses tendues et moulées, une chaleur me saisit le ventre, j'ai envie de lui sauter dessus et qu'il me prenne tout de suite, sans attendre le soir au bivouac cachés sous la tente.

Alors on fait des pauses. Tant qu'il y a des arbres je me colle contre un tronc, de face ou de dos, il comprend tout de suite et en trois coups de reins urgents il me fait exploser immédiatement tant l'envie est forte. Quand il n'y a plus d'arbres je me colle contre la paroi verticale d'un rocher. Sinon on trouve un lit d'herbe et de mousse souple à l'abri d'un rocher arrondi, et on s'y allonge. Des fois on n'enlève même pas nos sacs à dos tant il y a urgence. On vit dans l'instant du désir impératif qui noue nos tripes et qui exige d'être assouvi sur-le-champ.

Jamais je n'ai été comme ça, avant. Même en montagne.

Je croyais jusqu'ici qu'on était seuls, mais j'ai aperçu tout à l'heure à la fin de nos ébats quelques grimpeurs solitaires au-dessus de nous et quelques chasseurs venus repérer les isards à la jumelle. Je m'en inquiète auprès de Samuel qui rigole en me disant : *« C'est pas grave, au contraire. Tu n'es pas encore plus excitée en sachant que tu es observée ? Moi si. C'est encore meilleur. Ma furie en est décuplée. »*

Je découvre un Samuel tout neuf, tout jeune, tout fou, bouillonnant de vie, qui me bouscule et m'encourage à aller jusqu'au bout de moi-même : les voyeurs d'après lui, soit sont sans importance, soit viennent accroître notre jouissance par leur simple regard posé sur nous.

Où est-il le Samuel timide et discret, timoré, retenu, névrosé et obsessionnel, incapable de se lâcher vraiment, toujours soucieux du « qu'en-dira-t-on » ?

La montagne me l'a transformé en un autre qui est tout l'inverse.

Brusquement sa tête surgit au-dessus de moi, il me colle un baiser sur les lèvres en me caressant les cheveux :

« Dis donc ma puce, tu t'es carrément endormie après le casse-croûte, et en plus tu n'as pas arrêté de gémir comme si tu prenais ton pied. Tu es gonflée. Allez, debout, on est en retard ! On risque de se prendre l'orage du soir vers 17 heures. Il faut trouver un coin à bivouac avant. »

BRUITS DU VOILIER

On a loué un voilier à six, Samuel et moi, Dylan et Dina, Andrea et Akou. Un dix mètres, capable de nous mener d'Hyères à l'île du Levant, puis Port-Cros, Porquerolles, Toulon, les îles d'Embiez, et enfin les Calanques, les îles du Frioul et Marseille. C'est l'aventure pour moi : j'avais jamais fait un truc pareil. On s'entraîne avant de tenter la traversée vers la Corse et la Sardaigne.

On essaie de ne pas mettre pied à terre. Le soir au lieu de chercher une place pour la nuit dans les ports, on repère une bouée de mouillage à l'abri dans une crique, ou on jette l'ancre, carrément dans un abri naturel de la côte. On se la joue sauvages.

Et amoureux. Toute la journée tous ceux qui ne sont pas au gouvernail ou aux voiles se bécotent sur le pont ou dans la cabine sur les couchettes. C'est « sea, sun and sex » à tous les étages. On se balade à poil ou très déshabillés dès le matin : personne pour nous mater à l'extérieur du bateau, c'est pas comme dans les calanques !

On boit beaucoup aussi. Les garçons ont amené des réserves énormes de rosé, d'apéros, de rhum, les mojitos sont toujours prêts dans le frigo avec menthe et citron vert. Dès que le soleil commence à chauffer, vers dix heures du matin, on est tous déjà gais et désinhibés. C'est la fête.

Le mieux c'est quand même le soir, quand on s'est fixés sur un mouillage tranquille, on s'attable pour manger, et la grande rigolade de la nuit peut commencer. On mange un peu, on boit beaucoup, on fume pas mal, et les fous rires commencent à fuser. Les regards se croisent par-dessus la table, entre hommes, entre femmes, entre hommes et femmes, à l'intérieur des couples et hors des couples. C'est un moment très étrange, alors que pendant la journée ce genre de regards n'existe pas : ils se fuient presque, comme s'ils cherchaient à éviter les ambiguïtés et les embrouilles. Alors que le soir on dirait qu'ils n'ont plus peur, qu'ils ont décidé de s'autoriser la provocation et l'excitation et que le reste de la nuit est open.

Quand on commence à tomber et à avoir envie de se mettre à l'horizontale, on laisse un couple sur le pont pour surveiller les alentours pendant le premier quart de nuit, c'est le principe, même quand on est au mouillage, et puis c'est bien aussi de s'embrasser sous la lune. Et on file vers les couchettes en bas. On entrouvre les hublots pour aérer, et là je commence à flipper parce que je sais ce qui va arriver : l'autre couple va s'installer sur la couchette d'en-dessous et commencer à gémir puis à rugir. Je vais tout entendre, les frottements, les bruits de bouche, les clapotis de vagin, les mots d'encouragement, d'accompagnement et d'indication des souhaits et de la marche à suivre. Pendant ce temps Samuel va commencer lui aussi ses explorations sur mes seins et dans tous mes orifices, mais moi je suis paralysée, je ne peux plus rien faire : je suis rivée sur les bruits que font les autres en-dessous et à chaque bruit j'ai la photo en tête, de leurs corps, de ce qu'ils font, de leur position, et même pire, de leurs sensations. Je suis complètement avec eux, en eux, hors de moi, hors de Samuel et moi. Je ne participe pas juste mentalement comme voyeuse ou écouteuse : je suis vraiment avec eux. C'est comme si j'étais en-dessous à faire l'amour à trois, et que j'aie laissé Samuel sur la couchette d'en-haut.

Quand ils ont fini et qu'ils se sont endormis, je me colle à Samuel parce que je me sens enfin prête et tout excitée, mais là il me tourne le dos et me fait la gueule.

Je crois qu'il a tout compris.

Le voilier la nuit c'est terrible. Je ne supporte pas.

REFUGE

C'est le soir dans le dortoir du refuge d'Espingo avant une course au pic des Spijeoles. Le bat-flanc de bois est recouvert de matelas, de draps et de couvertures. On est plusieurs là-dedans, parallèles, tous couchés sur le côté droit. Certains que je ne connais pas, plus un petit groupe que je connais bien, avec bien sûr Samuel, Dylan et Dina entre autres.

Il fait chaud. L'odeur des chaussettes et des godasses stagne sur nous. On transpire beaucoup. On est tout nus sous les draps. Je suis couchée sur le côté droit moi aussi. On en avait rigolé à table tout à l'heure : *« On va être très serrés, alors si l'un d'entre nous veut se tourner pendant la nuit, il siffle et tout le monde doit se tourner en même temps ! »* Devant moi c'est Dylan et juste après lui c'est Dina. Derrière moi c'est Samuel bien sûr.

En bougeant un peu, ma jambe touche la cuisse de Dylan et un long frisson me parcourt. Ce n'est pas du tout le même contact qu'avec Samuel. Je me rends compte que j'ai brusquement envie de lui. C'est horrible.

J'avance ma main gauche et le caresse d'abord timidement sur les fesses, il bouge un peu et me laisse faire. Il sait très bien que c'est moi qui suis à sa gauche.

Puis je me lance en fermant les yeux : je caresse son dos, ses épaules, son ventre, son bas-ventre, par petits gestes légers, très doucement, en silence.

Je frôle presque par inadvertance son sexe qui me répond aussitôt.

Il se tourne vers la gauche, me fait pivoter à mon tour en appuyant sa main droite sur ma hanche, et se frotte lentement entre mes fesses.

Je cambre les reins, soulève et écarte mes fesses pour l'accueillir. Mon corps est déjà tout prêt, chaud, humide et ouvert. Il n'aspire qu'à être rempli, complété.

Il me pénètre lentement et très doucement, en silence, et il reste au fond de moi comme ça, comme si nous dormions, mine de rien, avec juste une légère contraction de temps en temps, qui me rend folle.

Sa main droite vient se poser sur le bout de mon sein droit et déclenche une autre série de décharges électriques qui me font sursauter.

Je mords l'oreiller pour ne pas crier.

Les autres dorment autour de nous, certains ronflent ou rêvent en grognant.

On reste comme ça tous les deux, emboîtés et immobiles, comme enfermés dans une bulle invisible, hors du temps et de l'espace.

C'est un moment parfait.

Et Samuel pendant ce temps dort juste à côté.

C'est horrible.

Jamais je n'ai éprouvé de désir pour Dylan : il ne me plaît pas du tout, il est trop poilu, brutal, macho, vulgaire, trop sûr de lui, trop arrogant, ce n'est pas du tout mon genre.

Il me répugne même.

Comment ai-je pu faire une abomination pareille ?

Qu'est-ce qui m'a pris de rêver à ça ?

CALANQUE

Le mistral m'attaque de face, chasse mes cheveux en arrière et m'oblige à fermer les yeux.

Il est froid et cinglant ce matin, comme une bouffée de vie qui a décidé de me réveiller. On le sentait à peine dans le Vieux-Port, mais là, nous passons entre le Fort Saint-Jean à tribord et le Fort Saint-Nicolas à bâbord, et il commence à nous attaquer plus rudement. Nous longeons le pied du Pharo, et là ça y est : nous sommes vraiment sortis du port. La houle arrive sur nous et nous soulève, le vent forcit encore, nous pouvons hisser la grand-voile et arrêter le moteur.

J'ai senti dès le lever que ce serait le jour idéal pour aller mouiller dans une calanque jusqu'au soir : baignade, pique-nique, sieste, farniente, et peut-être plus, qui sait…

Nous traçons entre la rade d'Endoume et le Château d'If, longeons les plages du Prado, la Pointe Rouge, doublons la pointe des

Goudes et l'île Maïre et nous faufilons entre l'île de Jarre et l'île Calsereigne. Je connais le trajet par coeur.

Je suis assise à la proue, les jambes pendantes de part et d'autre de l'ancre : c'est mon endroit préféré, j'ai l'impression d'être seule à bord, de faire corps avec le voilier et de fendre le dos de la mer avec facilité et puissance. Tout ce que j'aime.

Je me sens libérée de tout : j'ai largué les amarres, je n'ai plus aucune entrave, je pourrais aller comme ça jusqu'au bout de la Méditerranée, et poursuivre après Gibraltar, cap à l'Ouest, loin de l'Europe.

Pour l'instant nous longeons la côte rocheuse, tachetée du blanc aveuglant du calcaire et du vert sombre des pins. Elle est parfaite, comme au temps des Grecs anciens, les Phocéens, lorsqu'ils ont découvert cette merveille et qu'ils ont décidé d'établir leur port dans la plus vaste des calanques, qu'ils ont nommée « Massalia ».

Nous longeons les premières grandes calanques : Sormiou, Morgiou, Sugiton,

Davenson. Et nous arrivons enfin à l'entrée des deux dernières, les plus profondes, avant Port-Miou et Cassis : la calanque d'En-Vau à bâbord, et celle de Port-Pin à tribord.

Nous affalons à l'entrée et laissons le voilier aller sur son erre entre les deux falaises blanches, immenses et verticales, qui plongent dans l'eau turquoise. Pas de bouée de mouillage libre, alors je jette l'ancre, le voilier pivote et va se positionner tout seul nez au vent, prêt à repartir comme un grand. C'est parfait.

Quel calme ! La saison est finie, les hordes de touristes sont reparties bosser dans le Nord, les calanques sont enfin à nous.

Je mets l'échelle en place et je pique une tête direct : c'était urgent ! Je bouillais d'impatience ! La mer m'a toujours fait cet effet : une évidence, un milieu qui m'est naturel, un cocon liquide, frais et tonifiant pour tous mes muscles. Je l'ai retrouvée, elle m'a reconnue, je suis de sa famille, de sa race, comme les poissons, les dauphins, les mouettes. Je suis la sirène d'En-Vau, la femme-poisson. Je suis chez moi ici, plus que partout ailleurs sur la terre ferme. Mon corps est léger, libre et vif. Il se coule dans l'eau. Il joue avec elle, pivote, vrille, plonge, remonte. Il a retrouvé l'élément liquide qu'il n'avait pas oublié depuis ses neuf premiers mois de vie aquatique. On est tous sortis de la mer. Certains l'ont oublié. Pas moi.

Samuel ne me rejoint pas dans l'eau : il bricole dans le voilier, puis il va s'installer sur le pont avec ses bouquins, ses fiches et son ordi, et il va bronzer comme ça toute la journée sous sa casquette, tout en terminant sa thèse de Doctorat qu'il doit soutenir avant Décembre. Je n'essaie même pas de l'entraîner avec moi dans l'eau : je sais qu'il n'aime pas trop ça. Je ne lui fais pas la gueule non plus : je sais qu'il est comme ça. Dommage.

Je remonte sur le pont, lui effleure les lèvres, me débarrasse de mon maillot que je rince et mets à sécher. Il me regarde du coin de l'oeil parce qu'il sait très bien ce que je vais faire : me baigner nue maintenant que les touristes sont repartis. Il sait que j'adore ça.

Je grignote un peu en picorant dans la glacière, et je m'allonge sur ma serviette pour lézarder un moment. Je me tourne, me retourne, m'étale sur le ventre en écartant les fesses pour le chauffer un peu : rien n'y fait, il ne me lance même pas un coup d'oeil furtif, il est pris dans sa thèse. Tant pis, je vais m'octroyer une petite sieste avant de replonger.

Plongeon. Je devais être toute chaude parce que la fraîcheur de l'eau me saisit au ventre. Elle est toujours aussi accueillante mais je dois m'adapter à elle : elle chauffe moins vite que moi. Je remonte et me vrille à la surface dans un crawl très lent, presque langoureux, droite, gauche, bouche fermée, bouche ouverte, mes jambes me propulsent le plus lentement possible, je ne m'aide presque pas de mes bras, je glisse sur l'eau en essayant de ne pas la violenter, de ne pas faire de vagues ou de remous, comme si j'étais un nageur de combat cherchant à progresser sans bruit.

Je remonte la calanque. Quelques jeunes fous plongent du haut des falaises, certains bras et tête en avant, comme des pros, la plupart assis en se tenant les genoux et en faisant la bombe, bonjour les testicules !

Je longe des voiliers au mouillage qui sont arrivés avant nous, peut-être hier soir. Les occupants me saluent en appréciant mon dos et mes fesses. Je vais peut-être leur donner l'idée de m'imiter : la nudité dans l'eau c'est contagieux.

Surtout pour les pays nordiques. J'arrive au niveau d'un voilier battant pavillon danois. Un viking debout à la poupe me regarde approcher en souriant, se déshabille sans un mot et plonge avant que j'arrive à sa hauteur. Il est magnifique, un vrai viking comme dans les films : les cuisses, les fesses, les épaules, les biceps, les pectoraux, les abdos, et cette tête blonde, hirsute et sauvage. J'en ai même oublié de regarder son sexe ! Il s'approche, s'ébroue, secoue sa tignasse blonde, me fait un clin d'oeil et me dit juste : « *Follow me* ». Il remonte un peu la calanque puis s'approche d'une anfractuosité dans le bas de la falaise, une sorte de grotte avec un toit en V renversé composé de deux rochers plats qui sont tombés l'un contre l'autre au quaternaire. Le fond est sombre et accueillant. Je le suis comme s'il était évident qu'il faille que je le rejoigne dans cette grotte.

Je sais ce qui va se passer : il va me prendre dans l'eau, agrippée à la paroi, de face ou de dos, je ne sais pas encore, mais peut-être les deux successivement, pour comparer. Je ne peux pas dire non, je ne peux pas faire demi-tour en m'excusant comme une petite joueuse, comme une minable : « *Sorry, not today ! My boyfriend is not too far... »*

Alors je plonge sans réfléchir vers le fond de la grotte, je remonte entre ses jambes en frôlant son sexe avec mes cheveux et ma bouche, et en caressant ses fesses d'acier. Il s'agrippe en haut à deux prises du rocher, je remonte mes jambes autour de ses hanches que j'enserre comme un tronc d'arbre et je me laisse descendre très lentement sur l'axe qui m'attend. Il est parfait. Ça fonctionne au poil.

Je vais exploser vite fait. J'avais jamais fait l'amour avec un viking à mon âge : tu le crois ça ? Et puis qui a dit qu'on ne pouvait pas faire l'amour dans l'eau ?

« Oh Sarah ! Tu t'es encore endormie en plein soleil sans ta crème solaire. Tu ne voulais pas retourner te baigner ? J'ai envie de piquer une tête moi aussi. Je fais une pause. Allez, hop ! »

GROTTE

On est entrés en douce dans la grotte de Bédeilhac, avec juste un casque et une frontale, sans demander d'autorisation.

Je ne suis pas d'accord, je l'ai dit, mais les autres ne m'ont pas écoutée, alors, pour ne pas rester seule, je les suis.

On marche d'abord en baissant la tête, on grimpe ensuite des ressauts, on se laisse descendre sur des pentes boueuses très glissantes. Là on vient d'attaquer une galerie cylindrique qui grimpe et qui rétrécit très vite.

On ne peut avancer qu'à plat ventre en s'aidant des coudes.

Mes épaules touchent déjà les bords de la galerie.

Mon casque frotte sur le plafond.

Je vais bientôt être trop large et me retrouver coincée.

Et je ne pourrai pas revenir en arrière.

Samuel avait averti tout le monde de ne pas céder à la panique lors du passage du goulet :

« Après cet étranglement on arrivera dans une petite salle de quelques mètres cubes et de un mètre cinquante de haut.

Et là on pourra faire demi-tour et amorcer le retour vers la sortie. »

Mais moi je n'arriverai jamais dans cette salle. Je vais me coincer avant.

Et je vais rester coincée.

Je commence à étouffer et à respirer de plus en plus vite.

Mon coeur tape à 150.

C'est l'attaque de panique.

Je vais mourir. Je le sais.

C'est affreux.

Si au moins c'était un rêve, je pourrais me réveiller.

C'est bien Samuel ça : il est inconscient, il me pousse à entrer dans un cul-de-sac, je me retrouve coincée, et c'est moi qui vais en crever, étouffée. J'en suis sûre.

LES DAMES EN NOIR

Je suis dans une très vieille maison de famille. Ma famille à moi. On est venus en vacances, Samuel et moi. Ma grand-mère nous l'a prêtée. C'est une maison loin de tout, sur la lande, près des rochers qui plongent vers l'océan. Le Finistère sud, face à l'Ile-de-Sein. J'entends le grondement monstrueux des vagues qui se fracassent au bas de la maison en tentant d'attaquer ses fondations, et des bourrasques de vent qui essaient d'arracher les ardoises du toit : cette maison est indestructible. Je lui fais confiance.

Mais ce soir Samuel n'est pas là. Il doit rentrer tard d'une sortie de pêche en mer avec ses copains, clôturée par une grillade entre hommes. Je redoute le pire. Bretagne et alcool, et Samuel qui n'a pas l'habitude : quand je suis là je sens le moment où il déraille et ne contrôle plus, mais ce soir il a tenu au repas entre hommes, ça le rassure parfois sur sa virilité. Il sent bien que cette virilité-là c'est pas mon truc, et que je le tire plutôt vers la douceur, la gentillesse et la sérénité, vers la force tranquille. Mais il a besoin de m'échapper de temps en temps et de se prouver qu'il peut être aussi un vrai mec parmi de vrais mecs, aussi con qu'eux.

J'accepte ça, mais là je suis seule au bout de la lande, à affronter cet océan et ce vent de folie qui vient d'Amérique attaquer le bout du nez de la France.

Je pourrais me terrer au fond de mon lit, sous ma couette, après avoir fermé tous les volets, mais ça serait encore plus angoissant. Je préfère enfiler mon K-Way et mes bottes et aller faire un tour sur la lande tant qu'il ne fait pas tout à fait nuit.

La lande le soir, marcher vers l'extrême bord, quand elle tombe dans l'océan et qu'elle le regarde de haut, comme pour l'affronter. Avancer contre le vent qui fouette mon visage avec furie, pour me faire tomber ou arrêter ma progression. Regarder le point clair de l'horizon où le soleil a basculé de l'autre côté. S'asseoir sur un rocher à l'extrême bord, là où les premiers embruns projetés par la chevelure blanche des vagues viennent frapper mes yeux.

Fascinée par l'océan et ses reflets qui commencent à se teinter de mauve et de noir.

Je sens quelque chose dans mon dos. Un regard, j'en suis sûre.

Je me retourne. Une forme noire se découpe sur le ciel, à dix mètres, là-haut sur le sommet du promontoire, une forme haute et longue, une robe fouettée par le vent, une femme. Je sais qu'elle est très vieille et muette comme une statue. Ses longs cheveux blancs s'agitent dans le vent comme une oriflamme. Immobile, elle cloue l'horizon de son regard minéral. Elle fixe l'océan comme si quelque chose ou quelqu'un allait surgir de sa surface, comme si des mots ou une phrase allaient venir à sa rencontre. Quelque chose qu'elle attend ici tous les soirs après le coucher du soleil, depuis des années. Quelque chose qu'elle espère ou qu'elle a perdu. Elle ne sort qu'à la nuit tombée, comme les vampires, ces morts-vivants. Elle ne lâchera rien, elle n'abandonnera pas. Jamais.

Pendant que je la regarde, d'autres formes noires apparaissent progressivement sur la crête, lentement, une à une, et viennent la rejoindre. Elles forment maintenant une longue frise noire et immobile, campée sur la frontière entre les humains et le monstre, comme une armée silencieuse rangée en ordre de bataille et prête à déferler sur l'ennemi. Comme une question aussi lancée à l'océan, un long regard de reproche, une protestation muette, une accusation.

Ce soir je suis l'une d'elles. J'attends moi aussi sur la lande qu'on me rende Samuel, parti en mer, noyé peut-être, dans l'océan ou dans l'alcool, ou écrasé contre le volant de sa voiture.

Ma vie est en suspens : je suis pendue au-dessus du vide, du néant peut-être. Je bloque mon souffle, je m'interdis de respirer, je mime déjà la mort.

J'attends ici une seule réponse dont dépend toute ma vie : un pinceau de phares sur le chemin.

CÉRÉMONIE SECRÈTE

Je reviens du village de nos vacances à vélo. Il faut que je me dépêche : la nuit tombe et je n'ai pas de phare. Plusieurs grosses berlines noires me doublent, puis tournent à droite, passent la grille du château et s'engagent dans l'allée de gravier qui coule entre les platanes jusqu'au perron à double escalier. Toutes les fenêtres du château sont illuminées ce soir : il doit y avoir une réception. J'ai envie de jeter un coup d'oeil, depuis le temps qu'on me parle de ces fêtes où ne sont jamais invités les gens du village, rien que des Parisiens ou des étrangers… Qu'est-ce qui doit se passer derrière ces hauts murs qui entourent le parc ? Qui sont ces gens qui sortent des grosses berlines aux vitres fumées ? Qu'est-ce qui les attire ici ? Le portail est exceptionnellement ouvert ce soir pour laisser passer le défilé des voitures, alors je me faufile. Je laisse mon vélo caché derrière la haie de buis près de l'entrée et je fonce en me baissant vers l'aile droite, loin des voitures garées près du perron. Je réussis à grimper vers une haute fenêtre dont les tentures rouges sont entrouvertes, en m'agrippant au tronc du lierre. Je m'assieds sur la balustrade de pierre pour regarder plus confortablement. J'entrevois des groupes d'hommes en smoking et de belles dames en robes longues rouges ou noires. Ils portent tous un loup. Un vague brouhaha de conversations me parvient amorti par les tentures.

La fenêtre s'ouvre en coup de vent et un valet en livrée rouge et noire me saisit par le poignet et me tire à l'intérieur, puis, sans me lâcher, referme la fenêtre. Il me toise d'un regard vide, puis me dit : *« Vous allez devoir vous changer mademoiselle, parce que ce short et ces tongs ne sont pas adaptés à l'étiquette de la soirée. Heureusement nous avons tout le nécessaire, je vais vous montrer. »* Il m'entraîne derrière une petite porte, me fait monter au premier étage par un escalier de service. Nous arrivons dans un couloir sombre qui longe une multitude de portes closes. Il ouvre la troisième avec une clef qu'il sort de sa poche. C'est une immense penderie avec robes et chaussures soigneusement rangées. « *Je vous laisse choisir et vous changer. Si vous avez besoin de moi je suis juste devant la porte.* » Je devrais partir en courant mais je suis comme paralysée ou hypnotisée. Je passe en revue la rangée de robes en tâtant leurs tissus. Bleu, rouge, vert, jaune, noir, blanc. Finalement je vais essayer la bleu-nuit avec une seule bretelle sur l'épaule droite. Je me dessape entièrement et me glisse directement dans les caresses de la soie sauvage. Elle me moule parfaitement. Je ne mets rien dessous, bien sûr. Je me tourne vers le mur de chaussures et repère des bleu-nuit, juchées sur des quilles de dix centimètres, 38, parfait. Je ressors. Le majordome me fait signe de pivoter et cligne des yeux en signe d'approbation. Il me tend un loup de velours noir semé de larmes d'argent, avec des ailes immenses : « *Mettez ça, personne ne doit vous reconnaître. Tous les invités portent le même, vous ne devez pas savoir à qui vous avez affaire pour que la soirée soit parfaite. »* Il me fait redescendre, m'ouvre une double porte, s'efface et me laisse entrer seule sans m'annoncer. Quelques têtes se tournent vers moi machinalement, mais les groupes continuent leurs conversations sans se préoccuper de la nouvelle venue. J'attrape une coupe au passage sur le plateau que me tend un valet, pour avoir l'air moins conne, et je traverse ce qui me paraît être une antichambre pour me diriger vers la pièce suivante, plus sombre et plus silencieuse.

Un mur de dos de smokings me barre la vue, ponctué de robes de soirée rouges ou noires. Ce sont les couleurs de la soirée apparemment. Je dois être la seule en bleu. J'essaie de m'infiltrer pour voir ce qu'ils regardent tous. Au milieu de la pièce une longue table de bois massif, un homme debout de dos devant le petit côté, deux hommes debout de part et d'autre de la table, sur les deux longs côtés. Les trois ont des cheveux blonds très longs et une carrure de viking.

Couchée sur le dos sur le bord de la table, une femme brune, nue, les yeux toujours entourés du loup, les jambes écartées et relevées, le sexe rasé offert à ses trois partenaires, l'un officiant déjà entre ses jambes et les deux autres attendant leur tour de part et d'autre. Je m'approche pour scruter de près ce cérémonial parfaitement silencieux, et là je reconnais les seins de Dina avec leurs deux petites taches noires sur le côté gauche. Elle me regarde approcher avec un sourire complice et ses yeux brillent derrière son loup.

J'ai compris : dès qu'elle aura fini, je vais lui succéder, de mon plein gré, c'est ce qu'elle me demande.

Je suis prête à poursuivre la cérémonie, à en être le nouveau centre. Je dois le faire. C'est ma mission. Pour que la cérémonie se parachève.

De la main gauche je fais glisser la bretelle bleue sur mon bras droit et la robe s'effondre. Elle caresse tout mon corps au passage, avec un froissement prometteur, avant de se poser au sol en corolle autour de mes pieds. Mon corps nu en émerge comme sa fleur. La salle entière a les yeux braqués sur moi et retient son souffle dans un silence qui fait battre mes oreilles. Il faut que je sois à la hauteur, comme Dina.

BRUME

J'ouvre la porte principale de la maison. Un mur de brume barre l'entrée. A un mètre. Opaque. Je ne vois rien derrière. Je ne sais même pas s'il y a quelque chose derrière. Peut-être que le monde extérieur a été enlevé pendant la nuit, a été aspiré par un trou noir, et que la maison flotte toute seule, comme ça, dans le rien, vaisseau spatial à la dérive, sans point d'ancrage, à la recherche d'une nouvelle planète d'hébergement.

J'enfonce mon bonnet, je relève le col de mon polaire, j'enfile mes gants de laine, et j'avance un pied sur le perron. Puis deux. La porte se referme dans mon dos comme une claque. Je me retourne : elle n'est plus là, la brume l'a déjà escamotée.

Je suis seule dans la brume. Je ne suis même pas sûre que la maison continue à exister derrière moi. C'est où « derrière » d'ailleurs ?

Je dois maintenant avancer, les bras tendus en avant, comme une aveugle, jusqu'à ce que je touche enfin quelque chose, un obstacle, une chose réelle.

Pas un bruit. Même pas celui de mes pas. On dirait que mes pieds ne rencontrent rien sous leurs semelles, ne reposent sur rien.

Et pourtant j'avance, ça j'en suis sûre.

Je cherche des yeux une lumière qui filtrerait à travers la brume, même minuscule, un réverbère, une fenêtre, mais rien ne troue ce mur-couvercle qui m'enserre.

Brusquement, un bruit sous mes souliers, un choc et un contact : on dirait du bois, des planches. Je suis peut-être sur le ponton de la maison dont les pieds plongent dans le lac.

Oui ! J'entends le clapot de la barque amarrée sur le côté, celle que nous prenons pour aller pêcher ou nous baigner en été. Je suis sûre que je suis au bord du lac.

J'avance prudemment et je m'assieds au bout du ponton, les pieds pendants au-dessus de l'eau. Les vaguelettes viennent me saluer en les effleurant avec un petit clapotis rassurant.

Soudain un bruit glissant sur l'eau grossit et approche. Une forme noire sort de la brume. C'est une barque très longue, creusée dans un tronc d'arbre, comme celles qui foncent sur les fleuves d'Afrique. Son étrave arrive sur moi et touche presque le ponton. Elle est vide.

Sauf à l'arrière : un homme noir se tient debout, tout nu, immense, longiligne comme les guerriers Masaï. Il manoeuvre une immense perche. Il accoste en douceur, me sourit, me tend la main. Je n'ai pas peur. C'est comme si je l'attendais depuis toujours. Je me lève, lui donne ma main et pose le pied sur le fond du bateau. Il m'installe sur de grands feuillages qui tapissent le creux du tronc entre les bancs.

Soudain sa voix déchire le silence de la brume :

« *N'aie pas peur. Nous allons vers le milieu du lac, nous y ferons l'amour une dernière fois, en silence, loin de tout, avant de plonger au coeur des ténèbres et de rejoindre* notre vraie demeure : les Enfers. Tu verras, tu y seras mieux qu'ici. Ici n'est pas ta place. »

Je le reconnais maintenant : c'est Charon aux cheveux d'argent, le passeur des morts.

Il a les yeux d'acier de Samuel, transparents, presque aveugles.

Je suis prête pour le voyage. Je commence à me déshabiller. Je n'ai plus froid. La barque vire lentement autour de la perche et s'élance en fuyant la rive.

Il n'y a déjà plus de ponton. La brume s'est refermée sur nous.

C'était la dernière porte.

ABRA

Je suis à nouveau assise devant le gouvernail cette nuit. Je suis de quart et je n'aime pas trop ça : ils m'ont convaincue tous les cinq qu'il fallait que quelqu'un s'y colle, on ne sait jamais, et que je pouvais le faire : le voilier est tranquille, au mouillage, dans une petite crique bien abritée du golfe de Girolata. On longe cette année la côte Ouest de la Corse, et on essaie de descendre jusqu'en Sardaigne. On a tout notre temps. La nuit est calme. Le vent ne s'est pas réveillé comme il le fait souvent en début de nuit. J'ai fermé l'écoutille pour ne pas entendre les ébats nocturnes des autres en bas. Je me suis allongée sur la banquette, j'ai allumé mon petit joint pour planer un peu en renversant la tête vers le plafond troué d'étoiles. Mon regard s'évade vers le haut du mât qui oscille fouetté par les haubans. Au pied du mât une jeune fille en robe longue se tient debout, la main droite appuyée sur les cordages. Ses longs cheveux noirs frisés forment un casque énorme en forme de trapèze autour de sa tête, électrisés par la foudre, son visage gris est maquillé de cendre, ses yeux énormes, cernés de noir, sa robe d'un blanc lumineux, celui de la lune. C'est Abra, la petite soeur d'Akou. Elle avait fait la traversée avec nous six, l'an dernier, mais elle n'a rien à faire ici ce soir : elle est morte noyée au large de Bastia, quand nous longions la côte Est. Elle est tombée du voilier une nuit un peu agitée. Personne ne l'a vue tomber. Elle était seule sur le pont. Nous nous étions juré que nous ne remettrions plus les pieds sur un voilier, mais voilà, nous avons fini par embarquer à nouveau, pour longer la côte Ouest cette fois-ci, et un peu aussi pour survivre après le choc, pour conjurer le sort, pour nous persuader que la vie continue.

Je ne bouge pas, je n'ai pas peur, je ne sais pas pourquoi elle est revenue.

Elle ne bouge pas un muscle de son corps.

Elle me regarde fixement. Son regard n'est pas amical mais ce n'est pas non plus un regard de reproche, de haine ou de colère. C'est un regard froid et neutre. Mort.

Elle refuse de m'accuser, mais aussi de me pardonner, d'atténuer ma culpabilité. Je ne l'ai pas aidée cette nuit-là. Je ne lui ai pas lancé la bouée de sauvetage. Je suis restée dans la cabine pendant qu'elle grimpait les marches qui la conduisaient sur le pont, et qu'elle disparaissait seule dans la nuit.

La silhouette d'Abra s'est effacée. Je continue à fixer le mât qui oscille devant l'écran noir. C'est un métronome qui bat l'écoulement du temps.

SAMUEL

GÊNE

Je descends de chez moi et me retrouve dans la rue. Je marche assez vite sur le trottoir : je dois aller à un rendez-vous.

Peu à peu je m'aperçois que les gens me regardent d'un drôle d'air et murmurent sur mon passage.

Je m'arrête devant une vitrine pour vérifier que je n'ai pas la braguette ouverte ou un truc comme ça : et là je m'aperçois qu'en fait j'ai simplement oublié de mettre mon pantalon.

Je suis horrifié. Je ne sais pas où me mettre. J'essaie de retourner chez moi par les petites rues, mais là c'est encore pire : je suis pris dans un flot de passants qui viennent vers moi, me prennent à partie et s'esclaffent en regardant vers le bas de ma personne.

Je n'ai pas de solution. C'est la honte.

Je suis mort de honte.

J'arrive en courant devant chez moi. La porte s'ouvre : c'est Abra qui m'accueille. Elle a un petit sourire moqueur en regardant mon sexe ridicule et honteux qui pendouille sous mon polo. J'ai l'air d'un minable devant cette immense déesse noire qui me toise de ses yeux de braise. C'est elle qui a le phallus, ça crève les yeux. Elle s'efface pour me laisser entrer, me tend un pantalon et me dit en soupirant : « *Va te rhabiller, va.* »

CHALET

C'est les vacances d'hiver. On a loué un chalet pour la semaine aux Angles. Un chalet de bois doré, planté face aux pistes, au milieu des sapins, tout en haut de la station, avec des balcons ajourés magnifiques, plein sud. Le soleil est au rendez-vous. On chausse à neuf heures et on ne déchausse qu'à treize heures trente pour manger au resto d'altitude. Puis c'est la sieste sur les transats face au soleil : on laisse cramer voluptueusement la crème solaire sur notre visage.

Vers la fin de l'après-midi on file vers les eaux chaudes des bains de Dorres, en plein air, dans les antiques bassins creusés dans la pierre, et là, assis dans le bain tous en rond, on contemple la montagne et le coucher de soleil. C'est le repos, la relaxation, le calme, le silence, le souffle qui s'apaise et se régularise tout seul.

Après c'est retour au chalet et préparation de la bouffe pour la soirée. La répartition des tâches reste traditionnelle : les filles en cuisine et les garçons au village pour acheter les quelques trucs qui manquent toujours, huile, farine, lait, café, oignons, cigarettes, journaux…

Dylan allume le feu dans la cheminée, c'est son côté mâle dominant, moi je vais aider un peu en cuisine, c'est mon côté ambigu, Andrea met les couverts et débouche les bouteilles de blanc : ce soir c'est fondue savoyarde.

Le repas du soir c'est le rituel : on rigole, on plaisante, on chambre l'un ou l'autre, c'est convenu entre nous et personne ne doit s'offusquer, la parole est libre, même si elle blesse de temps en temps. Mais personne ne proteste contre la règle du jeu, et surtout personne ne doit se lever et partir vexé, ça plomberait la soirée. Alors je supporte tout ça en riant vaillamment.

Ensuite c'est la fumette, tous allongés devant la cheminée sur les tapis, et les discussions à n'en plus finir pour refaire le monde : le FN, Sarko, Daesh, le voile, Charlie

Hebdo, les Grecs, les Allemands… J'entends tout ça d'une oreille distraite, en écoute flottante : je connais par coeur les arguments et les répliques des uns et des autres. C'est comme un ballet bien réglé où il n'y a aucun faux-pas. Pas d'imprévu, pas de surprise. C'est ça les copains. Je les connais par coeur.

Et puis le premier couple se lève et monte l'escalier en faisant grincer toutes les marches et en poussant de petits rires prometteurs. Les chambres se font face de part et d'autre du couloir. Les murs en bois sont très fins, on entend tout ce qui se dit, les gémissements, les halètements crescendo, les cris d'explosion finale, les hurlements des ressorts de matelas malmenés par les athlètes…

C'est le moment que je redoute le plus : dès qu'on est couchés je sens que Sarah est aux aguets, sur le dos, figée, elle écoute de ses deux oreilles tout ce qui se passe autour, ça dure des heures. Quand les deux d'à-côté ont fini, ceux d'en face commencent. Et Sarah reste là, immobile, paralysée, comme une momie, jusqu'à la fin. Je ne l'entends même plus respirer. On est pris dans cette déferlante de jouissances multiples autour de nous et on n'arrive à rien faire d'autre qu'à écouter, comme si on avait peur d'en perdre la moindre miette. J'ai l'impression qu'on est au cinéma et qu'elle regarde le film au plafond. Elle est vraiment plongée dans la sexualité des autres, et ça bloque complètement la sienne. Ce n'est qu'après, quand tout s'est arrêté et que le chalet est redevenu silencieux, qu'elle s'approche, se colle à moi et commence à me caresser.

Mais pour moi c'est fini, je n'ai plus envie, je suis dégoûté et vexé par tout ce temps qu'elle a passé avec les autres.

Alors je lui tourne le dos et je lui fais la gueule.

VILLAGE

Le ciel est bleu cobalt, les arbres vert sombre presque noirs, immobiles, dessinés sur le ciel en ombres chinoises. Pas un seul souffle de vent, les oiseaux se sont tus, même les cigales n'osent pas redémarrer leur frottement infernal. Tout le monde attend.

L'air est muet et figé, comme une masse solide qui comprime tout dans un étau.

Je marche dans une rue inconnue d'un village étrange surgi de nulle part et qui semble mort, vidé de tous ses habitants.

La rue est un torrent asséché, une coulée de terre battue grise et poussiéreuse qui descend entre deux rangées de maisons blanches réduites à un rez-de-chaussée, fenêtres closes par des volets de bois bleu délavé, murs aveuglants de lumière, badigeonnés de chaux vive.

Les chaises en paille attendent sur les trottoirs que le soir vienne et que la nuit tombe. Les habitants, s'il en reste, pourront alors sortir de leurs cavernes, se risquer à nouveau dans l'air redevenu un peu respirable et venir s'asseoir pour parler de la journée écoulée avec les voisins.

J'avance dans le silence et l'immobilité absolus : pas un chat, pas un chien, pas une poule, pas un gamin, même pas une feuille morte roulée par un souffle d'air.

Juste une vapeur d'eau qui vibre au loin, au bout de la rue, comme une torche transparente, seul élément vivant, dans le miroir duquel se reflètent la rue et ses maisons, à l'envers.

J'arrive sur la place de l'église, déserte.

La haute porte de bois s'entrouvre en grinçant et un curé en soutane noire avec un chapeau à larges bords traverse rapidement le gril de la place en me jetant au passage un regard d'abord inquiet, puis clairement désapprobateur.

Il s'engouffre dans la maison d'en face, le presbytère je présume, mais avant de refermer la porte il me désigne du doigt une autre maison située un peu plus loin sur le même trottoir.

Une maison plus haute avec un étage et un toit en terrasse.

Je sais que c'est là.

Je m'avance vers la porte en bois gris, labourée de crevasses et de rides profondes.

Je la pousse.

Elle s'entrouvre sans opposer de résistance et sans émettre le moindre grincement de rouille.

Dedans la fraîcheur me frappe au visage.

Tout est sombre, la seule semi-lumière vient du carrelage rouge sang.

Tout est silence.

Un escalier aux marches en tommettes rouges carrées bordées d'un nez de bois sombre ciré me désigne le chemin vers l'étage.

Je sais que c'est là-haut.

J'ai peur de monter.

J'ai peur de ce que je vais voir.

Je sais ce que je vais voir.

Je pousse la porte couleur miel de la première chambre sur la gauche du couloir.

Elle est là, couchée, nue, son corps presque noir posé sur le drap blanc. On ne voit que ses jambes immenses et ses hanches hautes. Son bras gauche enlace le cou d'un homme, un colosse.

On dirait Dylan.

Ils dorment tous les deux.

Repus.

J'entends juste leur souffle régulier.

Je ne peux plus respirer.

Je vais mourir, suffoqué.

NEIGE

La neige a tout recouvert cette nuit. Cinquante centimètres m'attendent devant la porte d'entrée, et les flocons continuent à tomber dru, de gros flocons bien gras qui tourbillonnent lentement comme s'ils hésitaient à se poser sur le sol. Je reste immobile sur le seuil, émerveillé comme dans les hivers de mon enfance où un vrai hiver, un bon hiver, un hiver dont on se souvient, c'était toujours un hiver avec au moins une semaine de neige bien épaisse et qui tient au sol, pas simplement sur les toits et les arbres. Un hiver où l'on sort la luge et où l'on dévale les rues en pente du village et les prés du dessus, au-delà des jardins et des dernières maisons, avec des hurlements de plaisir et des fou-rires. Un hiver où la cour de l'école devient un champ de bataille pour les lanceurs de boules de neige, malgré les interdictions et les coups de sifflet du maître.

Je dois pourtant sortir. Je n'ai pas de raquettes, mes Pataugas suffiront. J'enfonce mon bonnet et ma capuche, j'enfile mes gants de laine, je me glisse dans les bretelles de mon sac à dos, et je me lance. On ne voit plus les trottoirs ni la rue. Entre les murs des maisons un fleuve blanc serpente et se perd au loin dans le brouillard qui ferme l'entrée du village.

Je dois y aller. C'est à moi de le faire. La neige ne peut pas m'arrêter. J'avance droit vers la sortie du village. La rue commence à grimper.

Un volet s'ouvre sur ma droite au rez-de-chaussée. La fenêtre est éclairée par une lumière jaunâtre. Un vieillard passe sa tête et me jette un coup d'oeil suspicieux : « *Où vas-tu mon gars avec ce temps de chien ?*

— *Je dois me rendre chez mon grand-père qui vit seul dans une ferme isolée du côté de La Raviège. Je vais voir s'il n'est pas malade et s'il a de quoi manger. S'il le faut je resterai quelques jours avec lui.*

— Attends, j'ai quelque chose pour lui. Moi je ne pourrai pas aller jusque là-haut le voir avec cette neige. »

La fenêtre se referme. Très vite la porte s'ouvre et le vieillard me tend un panier d'osier carré, fermé par un couvercle. Il l'entrouvre et me montre un tout petit chien de berger pyrénéen, un patou, tout blanc, qui me scrute de son oeil brillant et interrogateur.

« Son vieux chien est mort le mois dernier. Il ne peut pas rester comme ça tout seul là-haut sans chien. Celui-ci est juste sevré, et il mange de tout, comme moi. Il faut le mettre avec les brebis pour qu'elles l'adoptent. Il n'a pas encore de nom : je te laisse le baptiser. »

Le vieillard pose un baiser sur le crâne du chiot, fait demi-tour, rentre chez lui et referme sa porte.

Je poursuis ma route avec mon sac à dos plein de victuailles et mon panier à chien.

La route sort du village et continue à monter. Je ne vois pas à plus de cinq mètres. Je ferme les yeux pour me protéger des flocons qui viennent me fouetter maintenant, emportés par la bise qui vient de se lever.

Plus de maisons sur le bord. Derrière les troncs de châtaigniers et de hêtres quelques lapins égarés me regardent passer, assis sur leur derrière. Des oiseaux sont sortis de leur refuge pour essayer de trouver quelque chose à picorer malgré la neige. Ils volètent au-dessus de moi, entre les branches, en poussant quelques cris étonnés. Leurs collègues alertés rappliquent et m'accompagnent un moment au cas où je laisserais tomber quelque chose pour eux. Ils ont l'air curieux de savoir où peut aller ainsi ce drôle de bonhomme avec son panier et son sac à dos, par un temps pareil.

Je continue à enfoncer mes pieds dans la couche de neige vierge : pas de traces de pneus, pas de traces de pas, ni raquettes ni skis. Je suis vraiment tout seul.

J'arrive sur une sorte de petit plateau où la vallée s'élargit.

Je vois tout à coup une faible lueur jaunâtre très loin à ma droite, qui arrive à peine à transpercer le mur de brouillard. Je vais quitter la route et aller droit devant vers elle en traversant le petit plateau : ça doit être la maison de mon grand-père.

Là c'est tout plat, j'avance plus vite, et bientôt je toque à la porte. C'est la bonne maison. Mon grand-père entrouvre et glisse un oeil méfiant. Il me fait entrer et au moment de refermer il remarque la trace de mes pas :

« Tu n'es pas venu par la route et le petit chemin ? Tu es passé par où, Samuel ?

— Par là, tout droit, j'étais crevé, alors j'ai traversé directement par la prairie devant chez toi.

— La prairie ?... Quelle prairie ?... Malheureux ! Tu viens de traverser le lac du barrage de La Raviège ! »

LE COULOIR AUX PLACARDS

Je suis monté par le grand escalier monumental jusqu'au premier étage de la maison. Devant moi s'ouvre un immense couloir étroit et sombre avec un plafond à caissons que j'arrive à peine à deviner tant il est haut. Le plancher est fait de larges lames cirées qui craquent sous mes pas. Les murs sont recouverts de boiseries sombres. Tous les trois mètres un tableau est accroché, un portrait d'homme. Chaque portrait est d'une époque différente : je le repère aux costumes et aux coiffures et parfois aux perruques. Tous les costumes sont noirs et difficiles à distinguer. Ce que l'on voit ressortir c'est le visage et surtout le blanc des yeux qui transperce le tableau et qui me saisit à mon passage. Les anciens propriétaires sans doute. Ils semblent surveiller ma progression, car je dois avancer vers le fond de ce couloir : quelque chose ou quelqu'un m'y attend. Je ne suis pas inquiet : je sens que tout a été conçu et préparé pour ma venue.

Des deux côtés du couloir des portes de bois plus clair sont alignées régulièrement. Toutes fermées. Chacune est entourée par deux portraits qui l'encadrent et semblent la surveiller.

J'appuie sur la poignée de la première porte à ma gauche. Je la pousse facilement. Elle grince un tout petit peu. L'intérieur ressemble à un long placard. Une petite lampe au plafond diffuse une faible lueur et je peux apercevoir des vêtements suspendus à des cintres. Je m'approche : ce sont des vêtements de petit enfant, des barboteuses tricotées, des salopettes, des pyjamas, des babygros, des blouses courtes, des pulls Jacquard… Je reconnais tous ces vêtements, je les ai vus portés par mon petit frère, mais peut-être étaient-ce d'anciens vêtements à moi qu'on lui avait refilés. Sur le mur du fond du placard, une bougie éclaire un petit autel orné de fleurs qui entourent un portrait d'enfant couché dans un lit d'hôpital : c'est mon petit frère Itzak qui est mort d'une tumeur au cerveau à l'âge de deux ans, alors que j'avais moi-même cinq ans. Je n'ai jamais voulu aller voir sa tombe au cimetière, c'était déjà assez dur de pleurer tout seul dans mon lit chaque soir quand je lui parlais pour lui raconter ma journée. J'ai même jeté la photo de lui que ma mère avait placée sur ma table de chevet. Je préfère l'image de lui que j'ai dans ma tête.

Je n'aime pas l'odeur de ce placard : ça sent le moisi, la fumée de bougie, l'encens, les fleurs pourries, le bébé et l'hôpital.

Je le referme et vais ouvrir celui d'en face, de l'autre côté du couloir.

Là aussi c'est plein de vêtements suspendus, mais presque tous noirs cette fois-ci : des robes droites, des robes à volants, des robes de chambre, des blouses longues à fleurs mauves pour faire le ménage, des combinaisons en satin bordées de dentelle blanche, des chemises de nuit en toile rêche. Par-dessus tout ça règne une odeur que je reconnais : celle de l'Eau de Cologne dont s'aspergeait ma grand-mère Barbara en tirant sur ses tempes ses cheveux noirs comme les ailes des corbeaux.

Et c'est bien sa photo, en noir et blanc, avec son petit sourire coquin et un brin sarcastique, qui trône sur l'autel du fond. Je ne l'ai vue qu'à deux reprises pendant les vacances, mais elle est restée imprimée là. Il paraît qu'elle est morte démente. A la fin elle s'échappait sur la route pour rentrer chez elle à pied en Andalousie. J'espère qu'ils l'ont enterrée là-bas.

Je crois que j'ai compris : c'est le couloir de tous mes morts, chacun dans son placard avec ses habits et sa photo, dans son petit mausolée.

Et on m'a conduit jusqu'ici pour que je leur rende visite : je n'ai assisté à aucune de leurs cérémonies de funérailles. Alors voilà, je le fais aujourd'hui.

Je sais déjà quel va être le contenu des prochains placards : mon oncle François mort d'alcool tout seul dans sa chambre de célibataire, un hiver dans les Ardennes ; ma cousine Joséphine morte-suicidée dans un

« accident » de la route après que son mari l'ait quittée ; Pierre mon voisin d'enfance suicidé d'un coup de fusil sous le menton, dans sa remise, juste sous ma chambre, parce que sa vie de vieux garçon alcoolique était trop triste ; Pascal mon ami des vacances, mort à Collioure dans un accident de plongée à dix sept ans.

C'est ceux auxquels je pense d'abord. Il doit y en avoir d'autres sans doute. J'ai vu tellement de têtes tomber autour de moi, et souvent plus tôt que prévu.

Dernière porte sur la gauche. Un petit écriteau affiche : « ABRA ». Ça veut dire « ouvrez » en espagnol. C'est impératif. « Abra la puerta » ou « Abra los ojos » ? La porte ? Ou les yeux ? Ou les deux ? Je m'exécute. Le placard suinte l'humidité, les murs dégoulinent d'une eau chaude et putride, l'atmosphère est tropicale. Aucun vêtement suspendu. Le petit autel est couvert de fleurs géantes qui dégagent un parfum capiteux. Une photo carrée format Polaroïd est posée au milieu : on y voit une fille black aux jambes immenses qui se tient debout à l'avant d'un voilier, agrippée aux haubans, telle une figure de proue fouettée par le vent du large. C'est Abra, la petite soeur d'Akou. « Abra » celle qui est née un mardi (« Bradagbé » en langue twi, parlée par les Ashantis). Tombée en mer l'an dernier, une nuit, au large de Bastia.

Je sors de son placard. Face à moi la dernière porte du couloir est ouverte. Le dernier placard est vide : pas de vêtements, pas de fleurs, pas d'odeur. La bougie du fond est allumée. Je m'avance. Un tout petit portrait en noir et blanc trône seul sur l'autel : c'est moi, dans mon costume gris de premier communiant, l'air buté et sérieux.

WEBCAM

C'est à mon tour de prendre le quart de nuit derrière le gouvernail. La mer est calme, le vent de Nord-Est, « le Grec », est correct ce soir, alors j'ai décidé de lever l'ancre et de prendre un peu d'avance en poursuivant notre route entre Bastia et l'île d'Elbe puis Piombino. Ça leur fera une surprise.

Le GPS m'a fixé le cap le plus logique : c'est bien, je n'ai pas à réfléchir aux vents et aux courants. Je bloque le gouvernail, je borde la voile et je m'assieds pour me reposer un peu avant d'attaquer la nuit. J'aime ce moment où je suis seul sur le pont, vigie pour tous les autres, le nez dans les étoiles et l'oeil sur la mer pour détecter à l'avant la moindre lumière menaçante sur notre route.

Je sens un regard se poser sur moi depuis la poupe du voilier. Debout près du canot, sur la dernière marche qui descend vers la surface de la mer, une jeune femme me regarde. Abra, dans une longue robe blanche de cérémonie religieuse, est revenue ce soir.

Sans bouger elle me regarde fixement. Ses lèvres s'ouvrent et se mettent en mouvement. Mais je n'entends aucun son qui me parvienne d'elles. Je suis dans un film muet. J'essaie de lire sur elles comme le font les sourd-muets, mais j'ai du mal, ça va trop vite pour moi, j'aurais besoin du ralenti. Elle continue à me regarder fixement en prononçant des paroles inaudibles.

Je n'arrive même pas à savoir si ce sont des questions, des accusations, des menaces ou des imprécations.

Qu'est-ce qu'elle peut bien être venue me dire ?

Tu es juste un européen consommateur de sexe vidéo avec de jeunes étudiantes blacks paumées et démunies ?

Tu es mort de trouille de me retrouver là sur ce voilier avec ma soeur, ta meuf et tous tes copains, tous aussi pourris que toi ?

Tu as peur que je parle et que je dévoile à tout le monde le dessous des cartes ?

Alors ta peur s'est transformée en rage. Tu as voulu que tout ça disparaisse. Que ça n'ait jamais existé. Je n'étais pas invitée à la fête. J'étais l'intruse qui n'aurait jamais dû être là. Tu voulais me voir disparaître.

Quand je t'ai vu sur le ponton à Hyères avant le départ, je t'ai reconnu tout de suite : je t'avais déjà vu sur l'écran de ma Webcam, et en plus tu n'avais même pas pris la précaution de changer de prénom. J'ai su à ton regard que tu me reconnaissais aussi immédiatement : tu m'avais observée sous tous les angles, en train de me masturber sur mon lit, tout ça pour de l'argent, celui qui allait être débité sur ta carte bleue.

J'étais venue en France pour poursuivre mes études de gestion auprès de ma soeur, et voilà à quoi j'occupais mes après-midi : dans une chambre minuscule d'un salon de massage, aux ordres d'un proxénète, me déshabiller et me caresser devant l'objectif de la caméra pour gagner les sous que j'irai ensuite dépenser en fringues et en bijoux.

Abra sans un mot, sans me lâcher du regard, fait un pas en arrière et disparaît dans le sillage du bateau. Le rideau noir de la mer se referme sur elle.

DINA

ENVOL

Je suis au sommet du Cabo de Creus, au-dessus de Cadaqués. J'ai la France à gauche, l'Espagne à droite, l'Italie en face. Je m'élance en courant vers la mer, comme si j'avais un parapente derrière moi, mais je n'ai que mes bras. J'ai envie d'aller droit vers le sud, vers l'île de Menorca, paisible, loin des hordes de touristes de Mallorca et des meutes de fêtards d'Ibiza. Le soleil brûle ma peau, comme du fer chauffé à blanc. Je cours dans la pente, je pousse avec mes pieds, et je décolle facile. J'explose tout de suite vers le haut. Je suis comme aspirée par le soleil. C'est fluide, rapide et doux à la fois. Je vois les rochers et les pins s'éloigner à toute vitesse comme quand je zoome en négatif sur Google Earth. Je suis déjà au-dessus de la mer, bleue et verte, parsemée des pétales blancs des voiliers et taguée par les sillages des bateaux à moteur qui foncent vers les Baléares. Je vois par endroits le fond et les rochers qui affleurent à la surface. On dirait une grande flaque transparente avec un tableau abstrait peint au fond.

Je monte toujours, de plus en plus vite. Je n'ai plus envie de redescendre. Jamais. Je suis loin de tout, au-dessus de tout. Je suis portée par l'air mon ami qui m'aspire vers le soleil mon père.

Tout à coup, j'ai l'impression de ne pas être seule. J'entends un glissement rapide derrière moi. Je jette un coup d'oeil sur la gauche : c'est lui ! il m'a suivie ! comment a-t-il su que j'avais envie de ça, que j'allais me décider à faire ça précisément aujourd'hui ? il a des antennes sûrement.

Ma poitrine se gonfle. Mon coeur s'emballe. Il tourne autour de moi. Je tourne autour de lui en miroir. Nous rions tous les deux, légers, fugaces et heureux, nous tourbillonnons en vrille l'un autour de l'autre, avec l'élégance et l'allégresse de deux dauphins qui effectueraient leur danse de couple, loin, très loin de tout, à dix mille pieds au-dessus des hommes. Nous avons troué le couvercle qui nous séparait du ciel et échappé à la pesanteur, à la lourdeur, à la mesquinerie, à la petitesse de ceux d'en bas.

Il y a si longtemps que je rêvais de me retrouver seule avec lui, loin de tout.

Parce qu'il n'y a que loin des autres que nous pouvons nous rencontrer vraiment, lui et moi.

J'y suis arrivée. Il m'a rejointe. Il a deviné que je ne pensais qu'à ce voyage depuis longtemps.

A l'évasion à deux.

Nous y sommes. Nous avons réussi.

C'est parfait.

Maintenant je peux mourir.

Avec lui.

BRONZETTE A LA FERME

On est en vacances dans une ferme du Gers, Dylan et les deux autres. C'est la ferme de ces copains pseudo-hippies qui vivent dans une pseudo-communauté et cultivent le maïs. Ils se disent libérés mais en fait les mecs sont jaloux comme des tigres, déjà entre eux, et puis surtout quand un nouveau pointe son nez. Les mâles surveillent leur cheptel.

Sarah et moi on s'en fout. On profite à fond de ces vacances à la ferme. On descend se baigner à la rivière, à poil pour faire râler nos mâles. On s'amuse comme des folles, on se roule dans l'herbe, on se lave les cheveux, on se passe de la crème solaire, on se fait des massages. Les mecs regardent tout ça d'un air un peu soupçonneux et inquiet, des fois que…

J'ai l'impression d'avoir découvert Sarah cet été : ses cheveux blonds toujours en désordre et emmêlés par le vent, ses yeux verts toujours à l'affût, ses hanches ondulantes, sa chute de reins hyper creuse et ses fesses rebondies et hautes, qui semblent attendre quelque chose. Et ses seins ! A tomber ! Elle est magnifique.

Et timide, et modeste : elle me dit toujours que c'est moi qui suis la plus belle !

Cet après-midi on n'est pas descendues à la rivière : on avait trop la flemme après le repas. On s'est allongées sur des serviettes de bain derrière la maison, dans l'angle des deux murs, du jardin et de la maison, qui ménagent un espace protégé du vent et des regards. Sarah m'a demandé de l'enduire de crème solaire. Je m'applique, je fais ça très lentement et en profondeur, comme un vrai massage. Je commence par l'arrière, elle me dit que ça lui fait moins peur comme ça, qu'elle n'a pas l'habitude de gestes aussi sensuels de la part d'une fille.

Je commence par la nuque, le cou, les épaules, puis le creux du dos tout le long des vertèbres, je lui fais écarter les fesses et introduis de la crème dans l'intervalle sous le coccyx, elle frissonne mais reste écartée et se met à gémir tout doucement. Je l'ai appriviosée. Qu'est-ce qu'elle a peur de moi, c'est dingue ! Pourtant je ne suis pas lesbienne, je suis bi de temps en temps, comme ils disent maintenant : si j'éprouve du plaisir je ne regarde pas la carte d'identité chromosomique de celui qui me le procure, XX, XY, c'est pas mon problème, c'est l'intention qui compte, et le résultat bien sûr.

Mais Dylan n'aime pas nous voir comme ça toutes les deux, jouer et rire à poil en nous donnant du plaisir : il a l'impression d'être éjecté, que je n'ai plus besoin de lui, ou qu'il est moins performant que Sarah. C'est ça son truc en fait : performant. Bonjour la révolution sexuelle !

A mon tour à présent de me laisser faire. Sarah me surprend aujourd'hui : elle me fait coucher sur le ventre, se met à califourchon sur mes fesses et commence son massage huileux. Qu'est-ce qu'elle a changé ! Elle est devenue experte en zones érogènes. Elle gémit elle aussi en passant sa main dans tous mes recoins : elle prend autant de plaisir que moi ! On dirait qu'elle connaît mon corps depuis la petite enfance. Elle va me faire décoller facile si elle continue encore deux minutes.

Tout à coup, au moment où j'allais vraiment partir, la voix de Dylan s'élève :

« Eh les filles, vous pouvez vous rhabiller et venir un peu avec nous ? Sébastien est venu de Toulouse nous rendre visite pour un jour ou deux.

— On a la flemme de bouger. On est trop bien ici. On bronze à poil : dis-lui qu'il peut venir avec vous, on discutera ici, ça ne nous gêne pas du tout.

— Pas question. On va tous se mettre à bander comme des ânes. On discutera quand vous serez rhabillées. »

Quel con ! Quel rabat-joie ! C'est bien Dylan ça. Je suis juste sa propriété privée. Pas mari mais propriétaire quand même.

Et puis c'est vrai que Sébastien me plaît bien, il est fin et racé, cultivé et plein d'humour, tout le contraire du mien. Je serais bien allée me baigner dans la rivière avec lui et Sarah.

Mais je rêve. On n'est plus au temps des communautés hippies.

Réveille-toi Dina ! Tu es en couple maintenant, alors fini de rigoler.

VOILIER

Port, nuit, pleine lune.

Les haubans des voiliers claquent contre les mâts, la mer clapote contre les coques, même au fond du port.

Le vent s'est levé dès le crépuscule, « le marin ».

Je suis sortie de la maison après m'être réveillée à cinq heures du matin, seule dans notre lit.

La rue est encore pleine de couples et de groupes qui font la fête, et de gars seuls aussi, éméchés, qui me regardent et m'interpellent en tanguant comme des marins nordiques en bordée.

Je fonce, la tête courbée.

J'ai honte d'être seule dans la rue, sur les quais à cette heure-ci : c'est l'heure des prostituées et des toxicos.

Je n'ai rien à faire ici officiellement.

Mais si, bien sûr, j'ai un truc très important à faire ici : il faut que j'aille récupérer Dylan.

Il a dû lui arriver quelque chose pour qu'il ne m'ait pas appelée pour m'annoncer son retard.

Il a dû y avoir une bagarre entre son groupe de copains et un groupe d'étrangers ou de poivrots du coin.

Je le connais bien Dylan, même quand il n'a pas bu il est chaud comme la braise et il démarre au quart de tour, pour un regard, pour un sourire.

Soit il est au commissariat, soit il est aux urgences, c'est là que je le récupère la plupart du temps.

Je ne sais pas où se trouve le commissariat, ni l'hôpital d'ailleurs.

Alors je traîne le long des quais et je regarde les hublots allumés.

Devant la passerelle d'un long voilier en bois un type habillé de blanc, bronzé et à l'accent anglais me salue et me dit qu'une soirée libérée, « free party », est organisée cette nuit sur le « *Thélème* », c'est le nom de son bateau. J'y suis la bienvenue pour boire un verre ou pour faire plus si ça me dit. Chacun de ses invités fait ce qui lui plaît : d'où le nom du bateau. C'est à moi seule d'en décider.

Il me prend par la main, me fait franchir la passerelle et me fait descendre par un petit escalier en acajou vers une salle de réception bordée de divans recouverts de velours mauve et vert entourant des tables basses de bois laqué noir.

Les invités sont déjà tous dans leurs délires, vêtus, partiellement dénudés ou à poil, debout, assis ou couchés.

Ils sont par couples dans les coins, debout contre les murs ou allongés sur la moquette, par groupes de trois ou quatre mecs autour d'une nana couchée sur une table, ou par groupes de trois ou quatre nanas autour d'un mec allongé sur un divan.

Je vois tout de suite Dylan.

Il est debout et plaque une grande brune athlétique, encore vêtue d'un porte-jarretelles et de bas noirs, contre un hublot. Elle est de dos, les bras levés, les mains accrochées à la barre en cuivre qui longe le plafond, les jambes droites et écartées, juchée sur des stilettos rouges, le dos creusé et les fesses projetées vers le haut.

Dylan tourne la tête, me voit, s'avance vers moi avec un sourire ravi, me prend par la main et commence à me déshabiller en me disant : « *Merci d'être venue Dina. Tu es un véritable cadeau. Alors ce soir je t'offre à tous nos invités. Mais c'est toi qui décide et qui choisis.* »

Trois hommes et deux femmes s'approchent de moi et commencent à me caresser sans un mot.

Je les laisse faire, sous l'oeil de Dylan.

POIGNARD

Je n'aurais pas dû sortir seule aussi tard dans les rues de cette ville inconnue.

J'ai voulu aller voir le coucher de soleil sur le port, je me suis ensuite un peu égarée dans les ruelles sombres aux pavés luisants qui remontent vers la citadelle.

Des vieilles femmes vêtues de noir, assises devant leur porte sur leur chaise de paille, me regardent passer d'un air réprobateur.

Elles regardent surtout ma micro robe blanche moulante, ses fines bretelles et son dos dénudé.

Je sais ce qu'elles se disent sur mon passage : *« prostituée, nymphomane, si elle se fait violer elle l'aura bien cherché, sortir seule comme ça la nuit sans homme... »*

C'est vrai que je n'ai pas d'homme ce soir. On s'est disputés et je suis sortie en claquant la porte pour aller faire un tour, prendre l'air. J'étouffais dans cet appartement, avec l'autre affalé sur son canapé, sa bière collée à la main, devant son match de foot. La robe blanche je l'ai fait exprès, pour le faire enrager.

Je remonte les ruelles du village vers l'église qui le domine. Je m'accoude sur le parapet qui borde l'esplanade et d'où l'on voit le port, la mer, et tout là-bas l'endroit où le soleil a disparu, laissant derrière lui une lueur orange qui vire au rose et qui va glisser vers le bleu juste avant que le noir ne réussisse à tout éteindre.

Il ne restera alors que les étoiles, la lune et son reflet sur la mer, les deux feux rouge et vert qui marquent l'entrée du port, le pinceau tournant et intermittent du phare et quelques lamparos de pêcheurs oscillant au loin.

Je ne l'avais pas vu dans l'ombre du mur qui relie l'église au cimetière, mais un homme est là qui doit certainement m'observer, immobile contre un cyprès : on ne voit de lui que le bout incandescent de sa cigarette.

Il était là quand je suis arrivée et n'a pas bougé, fondu dans le décor.

Il est temps que je redescende vers des rues plus animées. J'enlève mes chaussures qui me gênent sur les pavés et je repars en sautillant.

Au bout de cent mètres je jette un coup d'oeil en arrière : la cigarette est là, au bout de la rue. Il m'a suivie.

Je le sentais. Il faut que je trace et que je rejoigne au plus vite la place du village avec ses bistrots et ses joueurs de dominos.

Mais il accélère lui aussi.

Il se rapproche. Je me mets à courir. Lui aussi. Je sens maintenant son souffle haletant dans mon dos.

J'accélère. Je n'ose pas me retourner. Pour faire quoi d'ailleurs ? Pour lui dire quoi ?

Je fatigue, mes jambes sont lourdes, je n'arrive plus à décoller mes pieds meurtris des pavés. Il est là, tout près. Je sens son souffle brûlant dans mon cou.

Je jette un coup d'oeil à droite : sur le mur nos ombres se détachent nettement, projetées par un réverbère. Il a déjà levé son bras droit et tient dans sa main quelque chose de long et de fin.

Il frappe. Le coup me projette en avant. Je sens la trajectoire de la lame qui pénètre mon dos.

Je n'ai pas mal du tout. Elle me traverse facilement, sans rien abîmer sur son passage. C'est même doux, comme une étoffe de soie que l'on déchire avec des ciseaux bien aiguisés.

Elle va atteindre sûrement le coeur, et là je serai morte.

Je n'aurai pas souffert finalement.

C'est l'autre qui va être bien puni.

Il n'avait qu'à pas me pousser à sortir seule ce soir.

ALPAGES

J'ai quitté le chalet de rondins de sapin que nous avons loué avec Dylan à Iraty, juste au-dessus du petit étang. Il m'a gonflée ce soir, comme s'il cherchait tous les prétextes pour m'enfoncer et me faire une scène. Il s'est même mis à hurler à la fin parce que j'avais oublié d'acheter des oeufs pour qu'il puisse faire sa sacro-sainte mayonnaise : « *Qu'est-ce que t'as dans la tronche, putain ?* »

Là j'ai bondi, grimpé à la chambre, rempli mon sac à dos, mis mon bonnet, mon écharpe et mon anorak, et je suis partie en trombe en claquant la porte : « *T'es qu'un sale con ! Je vais dormir ailleurs* ». Il n'a pas bougé, pas dit un mot pour s'excuser, pas fait un geste pour me retenir. En fait il croit que j'en suis pas cap.

Je descends vers l'étang en passant au milieu des vaches allongées sur l'herbe qui ouvrent un oeil à mon passage et soupirent en soufflant leur air chaud sur mes chevilles. Je vais grimper un peu dans la forêt qui démarre sur l'autre rive et qui monte vers le col. Je trouverai bien un coin pour bivouaquer à l'abri du froid et du vent, et de la pluie aussi éventuellement. La prairie et l'étang sont éclairés par la lune, mais là je les quitte et je m'enfonce dans l'obscurité qui règne entre les hauts troncs des épicéas. L'odeur de leur résine me saute aux narines, mes pieds s'enfoncent dans le tapis d'aiguilles craquantes au parfum capiteux, enivrant. Ma tête tourne. Je n'ai rien mangé ce soir, je commence à être en hypo.

Les épicéas se mettent à bouger, leur cime se courbe sous le vent. Leurs branches craquent sur mon passage, comme dérangées dans leur sommeil : elles essaient de m'effrayer et de me faire repartir, je suis entrée dans leur territoire sans leur demander leur avis, comme une voleuse, en pleine nuit, moi une fille de la ville. Et je ne suis même pas basque !

Les branches basses commencent à me griffer le visage, s'emmêlent dans mes cheveux pour me freiner et me retenir prisonnière. Il faut que je trouve un coin plus accueillant.

Je continue à chercher un abri, un rocher, une cabane de pierres en ruine, une petite grotte pour m'allonger et essayer de dormir.

Je monte toujours. Je laisse la forêt derrière moi et j'arrive dans un alpage balayé par le vent qui s'engouffre dans le col. La lune a réussi à se faufiler derrière un nuage et éclaire à nouveau la combe devant moi. J'arrive à dix mètres de la crête et là, sur ma gauche, émergent deux cornes immenses, je ne vois qu'elles, verticales. La tête suit, puis le corps : c'est un taureau énorme, tout blanc, haut sur pattes, qui s'arrête au-dessus de moi et me regarde, immobile, sans un bruit, j'ai l'impression qu'il retient son souffle pour ne pas m'effrayer. La lune brille entre ses cornes comme au centre d'une lyre. C'est le pharaon de ces montagnes. C'est à lui que je dois demander asile et hospitalité. Il ne bouge pas : il m'attend. Je monte vers lui et il me paraît de plus en plus grand. Je peux presque passer entre ses pattes sans me baisser. Il me regarde fixement de ses immenses orbites sphériques, douces et accueillantes, il fait demi-tour et commence à descendre lentement de l'autre côté de la crête sans se retourner. Je le suis comme si c'était une évidence : il m'a vue monter et est venu à ma rencontre. Me chercher. Nous continuons à descendre sur le versant espagnol. Tout en bas un enclos avec une étable en bois un peu déglinguée. L'odeur et la chaleur des vaches et des veaux me saisissent. Le taureau s'arrête à l'entrée et attend que j'arrive et que je pousse le portillon. Voilà, je n'ai plus qu'à choisir mon coin pour la nuit. Je pose mon sac sur la paille entre deux vaches rousses qui m'accueillent en soufflant et qui se mettent à ruminer machinalement. Je m'allonge entre elles, je pose ma tête sur le flanc de celle qui a les pattes tournées vers moi. Je tourne ma tête vers la droite, mon nez touche son énorme pis sillonné de grosses veines bleues. Il m'attendait. J'avance ma tête, et mes lèvres tâtent timidement l'une des quatre tétines. La vache s'allonge juste un peu plus pour que je sois à l'aise. J'ouvre ma bouche et j'aspire le bout de la tétine. Je l'ingurgite, je pompe avec plus de force et la liqueur chaude commence à gicler vers le fond de mon gosier. Elle est épaisse et grasse, pleine de vie. Ma tête est soulevée régulièrement par la respiration de la vache. Je continue à suçoter mais je n'ai déjà plus faim. Je vais m'endormir là, repue, contre son ventre, ma main posée sur son pis, dans sa chaleur et dans son souffle, comme si je venais de naître dans cette étable, sur la paille.

Le taureau blanc me couve de ses yeux fixes derrière le portillon, le disque de la lune veille sur nous tous, braqué au-dessus de sa tête.

J'ai froid. C'est tout noir ici. Et humide : j'entends le bruit d'une goutte d'eau qui tombe dans une flaque, régulièrement, comme un métronome. Entre deux gouttes je ne fais qu'attendre la suivante. Il paraît que ça peut te rendre fou. C'est une torture classique.

Je suis couchée sur un matelas minuscule, rempli de paille, qui accompagne chacun de mes mouvements par des bruits étranges de grange ou d'étable, comme quand je jouais pendant les vacances avec mes potes dans la ferme de ma grand-mère, et qu'on se laissait tomber du haut des poutres pour s'enfoncer dans le tas de foin.

Des murs noirs suinte un liquide pourri et infect qui dégouline jusqu'à mes pieds.

Je devine par terre une assiette métallique avec un brouet innommable déjà attaqué par les rats.

Je recouvre ma tête avec l'espèce de couverture de bure trouée aux mites et moisie, pour ne pas les entendre fureter sous le bas-flanc.

Je ne sais pas depuis combien de temps je suis enfermée ici.

Je ne sais pas pourquoi je suis ici, ni qui m'y a mise.

Je ne sais pas ce qu'ils attendent de moi, ni ce qu'ils vont faire de moi.

En fait je ne sais rien, sauf que je suis enfermée dans un cachot.

Ce qui est bizarre c'est que je ne ressens ni colère ni révolte. Je n'essaie pas de frapper à la porte, d'appeler le gardien, de hurler pour qu'on me libère, pour leur faire savoir qu'il y a erreur, que je n'ai rien fait, qu'on a dû me prendre pour une autre.

Non. Je reste immobile sur mon matelas comme si j'attendais avec résignation que la solution arrive par cette porte métallique noire que je devine devant moi.

Une lampe jaune s'allume au plafond. La porte s'ouvre. C'est un homme tout petit et grassouillet en uniforme noir, qui pose au pied de mon lit un gros quignon de pain, une cruche d’eau et une nouvelle assiette de brouet. *« Mangez bien. On va bientôt venir vous chercher pour comparaître devant le tribunal. »*

C’est quoi ces salades ? Un tribunal ? Mais pourquoi ? Qu’est-ce que j’ai fait ? Je ne me souviens de rien. J’étais somnambule ? dans un état second ? on m’a hypnotisée ? J’ai tué quelqu’un pendant mon sommeil ? Quelle horreur !

J’avale sans respirer toute l’eau de ma cruche. Je laisse l’assiette aux rats, et je tente de mordre mon morceau de pain. Il faut que je tienne debout et que j’arrive à me défendre et à argumenter, parce que je suppose que je n’ai pas d’avocat.

Je m’allonge pour me détendre en essayant de respirer profondément et régulièrement. Je ferme les yeux pour ne pas voir cette horreur où je suis enfermée. Je m’assoupis un peu et je m’abandonne à une rêverie presque agréable : des arbres qui me protègent du soleil, une prairie en pente, une rivière tout en bas, des copains qui rient et chantent autour d'une longue table sous l'ormeau, en mangeant et buvant. Tout ce que j'aime.

Un pas lourd et traînant s'approche. Un trousseau de clefs, la porte qui s'ouvre en grinçant, mon vieux gardien est à nouveau là, s'avance vers moi et sans un mot me passe les bracelets ! C'est donc si grave que ça ? Mes jambes flageolent. Il me tire presque derrière lui avec une chaîne fixée à mes menottes. On se croirait au Moyen-Age dans les souterrains d'un château-fort. On va sûrement me soumettre à la torture pour m'extorquer des aveux avant de m'exécuter. Qu'est-ce qui m'est arrivé bon sang ? Qu'est-ce que j'ai fait pour mériter ça ?

Nous arrivons devant une énorme porte en bois sculpté à deux battants. Mon gardien sonne. Un feu vert s'allume. Il pousse le battant de droite. On se croirait dans une cathédrale : de hauts murs couverts de boiseries de style gothique, des fenêtres à ogive fermées par des vitraux rouges, jaunes et bleus. Pas de vert, pourquoi ? Face à moi, en hauteur, une estrade avec un immense bureau de bois sombre, et derrière ce bureau trois juges dans leur robe rouge et noire bordée d'hermine. Mon gardien ouvre mes menottes et me pousse vers la petite balustrade derrière laquelle je dois me tenir pour répondre aux questions. Je m'accroche à la barre de bois ciré pour ne pas tomber. Je me prépare à parler, et là le Président me devance :

« Dina, nous savons que vous avez avorté le mois dernier. Vous en aviez parfaitement le droit selon les lois de ce pays.

Ce que vous ne saviez pas c'est que ce foetus allait devenir un enfant exceptionnel qui avait été choisi par nous pour accomplir une mission supérieure grâce à ses capacités surhumaines. Nous lui avions déjà donné un nom : « Êrane » l'Eveillé. Ce foetus ne vous appartenait pas, vous n'étiez que son support, sa matrice, vous aviez juste à attendre qu'il sorte à la lumière et nous nous serions alors occupé de tout le reste.

Vous avez entravé notre dessein sacré. Vous avez tué un surhomme en devenir.

Je ne hurle même pas. Cette phrase qui me condamne me soulage presque. C'est dingue ça. Je le savais déjà que ça finirait comme ça : quand je suis allée à la clinique le mois dernier, une voix dans ma tête me disait sans arrêt : « *Tu as bien réfléchi aux conséquences ?* »

APNÉE

Dylan dort à ma droite comme toujours. Sur le dos, comme toujours. Il a bu beaucoup d'alcool depuis l'apéro de dix-huit heures, comme souvent, parce que ce soir c'était spécial, il avait plein de bonnes nouvelles pour son boulot, il était heureux de nous les annoncer, ses yeux pétillaient. Alors je n'ai pas voulu plomber cette merveilleuse soirée avec tous ses copains, et je l'ai laissé boire, sans lui lancer mon regard d'avertissement qu'il connaît bien. Je le surveillais juste du coin de l'oeil tout en discutant avec les copines. De toute façon, même si je ne le vois pas, je repère à sa voix à quel point il en est : il y a toujours un moment où il se met d'abord à parler très fort, puis sa voix devient pâteuse, c'est le signal.

J'ai réussi à faire partir tous ses copains sans les vexer. J'ai réussi à faire monter Dylan jusqu'à la chambre. Parfois je n'y arrive pas, alors je l'allonge sur le canapé du salon.

Je l'ai laissé tomber sur le lit et là il s'est mis à ronfler direct. Je l'ai basculé sur le côté droit, mais ça n'a pas raté : au bout de cinq minutes il s'est retourné sur le dos et le turbo s'est remis en marche. C'est de la folie ! Un jour je vais l'enregistrer, parce que, quand je lui dis qu'il fait un bruit d'enfer, il me répond que j'exagère. C'est insoutenable. Jamais je n'arriverai à m'endormir avec ce moteur plein pot à côté de mon oreille. Alors je prends une couverture et un oreiller et je vais m'installer en bas, sur le canapé du salon.

J'ai dû bien dormir, parce que je ne suis pas du tout fatiguée quand l'envie de faire pipi me réveille. Je vais jusqu'au WC et là je me rends compte que je n'entends plus de ronflement. Super. Je vais pouvoir me glisser à nouveau dans notre lit et reprendre le fil de la nuit en me lovant contre lui.

Il ne ronfle plus. Il est pourtant toujours couché sur le dos. Je hasarde une main sur son ventre : il ne tressaille même pas. Je fais remonter ma jambe sur sa cuisse : d'habitude c'est le signal de fin de nuit pour amorcer une séquence de câlins avec caresses préliminaires. Il ne moufte pas.

Je le pousse un peu par l'épaule gauche, puis je le secoue : là, d'habitude il s'ébroue comme un sanglier dans sa bauge et se met à grogner. Rien. Il reste inerte comme une grosse masse indéplaçable, un monstre, un cachalot échoué. La nuit parfois c'est l'impression que j'ai : de dormir à côté d'un animal monstrueux et inerte qui s'est échoué dans mon lit. Alors que le matin il est à nouveau doux et attentionné, il a laissé tomber sa peau d'animal. C'est dingue ! Il va me rendre folle ce mec.

« Dylan ! putain, réveille-toi, qu'est-ce que tu fous ? Tu le fais exprès ou quoi ? Ça fait deux plombes que je te secoue ! Arrête de faire ta mule et de fermer les yeux en faisant semblant de dormir ! »

Et là, à force de le secouer, je vois son bras droit qui tombe brusquement hors du lit, tout mou et flasque, inerte.

J'écoute près de sa bouche : rien.

Je touche sa carotide : rien.

Un grand froid me tombe dessus et me fige.

Il est mort le con !

Il a toujours refusé de mettre son appareil pour dormir : « *Je ne suis pas un vieux grabataire ! »*

Apnée du sommeil.

LA GARCE

Ils sont tous bourrés ce soir. Celle qui a le moins bu c'est moi : j'aime pas le rosé, c'est pas du vrai vin. Alors bien sûr ils sont tous allés s'effondrer sur leurs couchettes et se sont mis à ronfler tout de suite comme des gros porcs. Ils m'ont laissée seule faire le guet sur le pont et vérifier que le voilier ne parte pas à la dérive :

« Ohé ohé matelot,

Dina Di-navigue sur les eaux... »

Vous voyez le genre. Heureusement j'ai pris ma provision d'herbe et de vodka. Je m'allonge sur la banquette et je me plonge dans les constellations que j'essaie de reconnaître. Je faisais ça quand j'étais gosse avec une carte du ciel en carton que je tenais horizontale au-dessus de ma tête, le Planiciel.

J'ai dû m'endormir, bercée par le clapot. Quand j'ouvre un oeil je vois sur le pont une longue forme allongée, une femme noire en robe de soirée blanche, moulante, appuyée sur un coude, qui a l'air de m'observer en attendant que j'émerge. Je la reconnais : c'est Abra, la garce qui essayait de chauffer Dylan l'an dernier pendant la traversée vers la Corse. Elle a dû se poser comme ça devant moi pendant que je dormais, descendue des nuages ou du mât pour me narguer. De toute façon elle n'a aucun mérite, Dylan je le connais mieux qu'elle : il se met à frétiller dès qu'il voit un petit cul qui bouge, puis le soir il revient vers moi piteusement parce que je suis sa meuf, la seule, la vraie. Je n'en prends pas ombrage, par contre si je retrouve la fille je la démolis direct sans sommations. Je suis comme ça. Il le sait Dylan, et je crois que ça lui plaît qu'une femme se batte pour le garder.

Pour l'instant elle continue à me narguer avec son regard vide venu d'ailleurs. Elle attend que je lui parle la première, ou que j'aille la jeter par-dessus bord ? Non, elle daigne enfin parler :

« Dina, je sais que tu m'en veux parce que j'ai un peu tourné autour de Dylan l'an dernier. Pour moi c'était juste un jeu pour me

moquer d'un gros macho assez excitant mais dragueur et menteur. Je comprends que tu aies pu en être blessée. Alors je te présente mes excuses aujourd'hui. J'estime qu'il y a prescription, surtout après ce qui s'est passé. Mais je n'ai pas eu tous les torts dans cette affaire. Tu dois savoir que c'est Dylan qui est venu vers moi alors que je ne le connaissais pas. Il est venu à ma rencontre d'une manière inhabituelle mais qui tend à se répandre de nos jours : par internet. Il s'est inscrit sur le site d'un salon de massages qui propose des séances vidéo en direct avec webcam. J'y travaillais tous les après-midi. Il a payé avec sa carte bleue bien sûr, et je lui en ai donné pour son argent : strip-tease et masturbations. Je voyais sa tête dans un coin de l'ordinateur mais je ne voyais pas très bien ce qu'il faisait, et puis ça ne m'intéressait pas du tout. Je faisais ça juste pour m'acheter des fringues de marques et des bijoux. Alors je ne pensais pas du tout au mec qui était à l'autre bout, à son excitation ou à sa jouissance. »

Voilà, elle a fini de m'expliquer, la garce. Dylan va me la payer celle-là. Elle se lève et s'éloigne vers la proue en ondulant des fesses. Puis elle disparaît du pont. Elle a dû plonger. Il reste d'elle juste une traînée de parfum attrape-mâle que je ne reconnais pas.

DYLAN

SKI

Je suis tout équipé : bonnet, lunettes, anorak, gants, chaussures, bâtons et skis dernier cri.

Il fait plein soleil, grand bleu, tout est parfait pour démarrer la journée.

Je m'avance avec détermination vers le télésiège.

Et là, horreur, je m'aperçois que je marche avec mes skis sur des cailloux puis sur de l'herbe.

Pas la moindre neige aujourd'hui.

Je suis coincé au milieu d'une étendue immense de cailloux et d'herbe sèche.

Je n'arrive pas à déchausser.

Coincé.

Impuissant.

RIVIÈRE

Eté, campagne, rivière qui serpente et flemmarde sous l'ombre noire des arbres, en bas des gorges.

Quelques rochers de granit quand même, par-ci par-là dans son lit, pour rappeler qu'elle peut être aussi un torrent quand la folie lui prend au printemps ou en automne.

Je galope dans le pré en pente qui dévale de la maison vers l'eau.

Je sais qu'ils sont tous en bas, j'entends leurs cris et leurs rires. Ils sont tout au fond du pré en pente, à s'amuser comme des gosses, pendant que moi je trimais en ville dans mon putain de garage Renault, les mains dans le cambouis, par 35 degrés.

J'arrive en fin de journée.

Crevé et excité.

Je me déshabille en dévalant le pré et je saute dans l'eau comme un fou : elle me semble gelée mais j'adore ça.

Je crevais de chaleur.

Ils sont tous là à rigoler, à poil dans l'eau.

Ils sont mélangés : on ne sait plus qui est avec qui, ils se coursent tous, se touchent tous, plongent avec l'un et ressurgissent en hurlant et en caressant quelqu'un d'autre.

Les hommes entre eux, les femmes idem, les hommes sautant sur les femmes, les femmes sur les hommes.

C'est la fête.

Plus rien n'a d'importance.

On est tous comme des gamins, ivres de mouvements, de courses, de cris, de chants, de contacts imprévus, furtifs ou aléatoires, mais avec toujours à la fin des rires explosifs et des gloussements de plaisir.

Il n'y a plus de couples alors ?

Elle est où Dina ?

Avec qui ?

En fait elle n'est avec personne en particulier, elle est avec tous les autres, et avec moi aussi.

C'est ce que ses yeux rieurs me disent : qu'elle est avec moi, mais aussi avec tous les autres. Et que ça ne peut causer aucun souci entre nous.

C'est possible cette forme de joie collective ?

Sans qu'il y ait de retombée radioactive ensuite ?

On peut jouir du soleil, du corps des autres, de l'eau et de la vie, comme ça, librement, gratuitement, sans arrière-pensée, sans qu'il y ait de punition après, ou de règlement de compte ?

FÊTE A LA FERME

J'arrive à pied par un chemin de campagne encaissé, sinueux et labouré d'ornières, éclairé de temps à autre par des lanternes sourdes. Les battements d'une musique lancinante me signalent que la fête a dû commencer là-bas, dans la maison de mes copains, pseudo-hippies, qui sont en fait fonctionnaires tous les deux, mais qui sont venus vivre avec leurs enfants dans cette vieille ferme qu'ils ont retapée eux-mêmes et peuplée d'animaux de toutes espèces, du coq à l'âne. Tout le monde dit en parlant d'eux : *« Kylie et David, ils sont cool ».*

Ils m'ont dit que ce soir c'était « costumé mais libre », pas de soirée à thème. Alors j'ai loué un costume d'Arlequin avec les fameux losanges multicolores et le bicorne. Heureusement il n'a pas plu et je ne salis pas mes ballerines noires.

La cour de la ferme est cernée de lampions rouges, jaunes, bleus et verts, comme pour un bal du 14 juillet. Les premiers arrivés ont déjà bien attaqué le punch et le chichon, on le sent à leurs rires qui fusent bêtement à tout propos. La musique est pour l'instant dans le style salsa. La petite fumée bleue commence à flotter au-dessus des têtes. Les gens se précipitent sur moi et me félicitent pour mon costume : « *Trop la classe, Arlequin, ça te va bien, tu as tellement de facettes ! Et puis qu'est-ce qu'il te moule, mon salaud ! On peut pas dire que tu camoufles le matos !* »

La maîtresse de maison, comme on dit dans d'autres milieux, m'attrape par la main, me fait virevolter un peu partout en me présentant aux invités que je ne connais pas encore. Je trouve son accoutrement et son maquillage un peu outranciers et bizarres :

« *Mais tu t'es déguisée en quoi au juste, Kylie ?*

— Mais en pute, enfin ! Ne me dis pas que tu ne l'avais pas vu tout seul ! »

Purée la honte ! Maintenant qu'elle me le dit je vois bien que ça crevait les yeux. Il ne peut pas y avoir de doute. Tous les signaux sont là : perruque orange, rouge à lèvres pétard qui déborde, pommettes rouges, nichons à l'air libre, mini jupe de cuir noir, bas résille avec l'extrémité du porte-jarretelles apparent, cothurnes et sac à main qui virevolte. Alors elle en profite pour me saisir par le cou : « *Tu viens chéri, on va danser la salsa, on va se frotter langoureusement l'un contre l'autre. Je sens que tu vas être un bon client. On va faire des jaloux ! J'adore !* »

Elle m'entraîne dans un coin de la cour un peu plus sombre et commence à onduler en frottant son ventre contre mon sexe pris un peu à froid mais qui se met aussitôt au diapason. Elle colle sa bouche sur mon oreille, me la lèche en tournicotant et murmure :

« *Qu'est-ce que tu es musclé ! De partout ! Et ce costume qui moule ton sexe et tes fesses ! Je n'en peux plus. Il faut à tout prix qu'on s'éclipse tous les deux à un moment ou à un autre pendant la soirée. Je te ferai signe de loin et on se retrouvera derrière le petit hangar du bas, après le poulailler : il est plein de paille. D'ici là surveille-moi bien : je vais faire diversion et danser avec des tas d'autres pour brouiller les pistes, mais c'est toi que je veux. N'oublie pas ! Alors amuse-toi bien en attendant mon signal !*

Tu as vu : j'ai plein de copines sexy et qui ont l'air d'avoir faim ce soir, à croire qu'elles sont en manque. Alors tu peux te lâcher Arlequin ! Regarde par exemple la Marquise de Pompadour là-bas, tu as vu cette perruque poudrée, cette mouche noire près de la lèvre et cette gorge pigeonnante ? C'est Gina. Elle est prof d'italien dans mon bahut. Elle a les cheveux, les yeux, la bouche et les seins de Monica Bellucci. Les élèves en sont fous. Par contre elle est un peu maigre du bas à mon goût, trop sportive et presque anorexique, mais je suis sûre qu'Arlequin va lui plaire : commedia dell'arte ! »

Elle me plante au milieu de la cour et part sautiller ailleurs en se déhanchant et en roulant des pelles à tous ceux qui passent à sa portée.

Elle est vraiment dingue Kylie. Mais je l'aime bien : elle me fait rire. On ne sait jamais ce qu'elle va être capable de dire ou de faire. C'est toujours la surprise. On est sûr de ne jamais s'ennuyer avec elle. Ses yeux gris-bleu pétillent toujours de malice. Elle a de l'énergie à revendre et on dirait qu'elle prépare toujours un nouveau gag qui va beaucoup l'amuser. C'est un vrai remède anti-morosité.

J'arrête de la regarder et je me fonds dans la petite foule d'invités qui papotent par groupes de trois ou quatre, un verre vissé à la main. J'évite les gens que je connais déjà. Je me dirige vers les nouvelles têtes, on ne sait jamais, je pourrais avoir une bonne surprise ce soir. Je m'éloigne des quelques homos qui cherchent à caresser le tissu de mon costume, surtout sur les fesses : *« C'est du satin ou de la soie ? »* La Pompadour, elle, se laisse serrer de près par une lesbienne magnifique déguisée en vampire de style néo-punk, avec une crête verte et des Doc Martens, vêtue d'un pantalon moulant déchiré artistiquement et d'un bustier noir en maille large : elle tourne autour des épaules nues de la marquise et de son balcon opulent en secouant sa tête en mesure ; elle semble bien décidée à lui sucer le cou ; l'autre glousse en tentant de se dégager mollement. Quel cirque !

Tous ces gens semblent bien persuadés d'être libérés et modernes. Je les laisse à leurs illusions : que deviendraient-ils sans elles ?

La musique a changé : on vire vers la danse primitive et la transe. Les danseurs secouent maintenant leur tête frénétiquement, les chevelures tournoient, les cerveaux sont secoués dans leur boîte, ils vont bientôt tous tomber épuisés et ivres de rhum, de shit et de battements de tambours.

Je commence à m'ennuyer. Personne ne fait attention à moi. Je passe près de Kylie en me dirigeant ostensiblement vers le petit hangar du bas comme si j'allais pisser. Je crois qu'elle a compris le message. Je contourne le poulailler et grimpe par l'échelle au sommet du tas de paille qui monte jusqu'à la charpente. J'enlève mon bicorne, je m'allonge juste sous le toit, les mains croisées derrière la nuque et j'attends, envahi par le parfum chaud de la paille.

Des gloussements et des rires étouffés s'approchent du hangar. On monte à l'échelle de bois. La tête peinturlurée de Kylie émerge la première : *« Regarde le cadeau que je t'ai amené ! »* me dit-elle en s'effondrant sur moi. Et surgit du haut de l'échelle la perruque blanche de la Pompadour. *« Salut Arlequin ! Moi c'est Gina. On est venue à deux, c'est plus fun. N'aie pas peur, détends-toi, c'est la fête. Personne ne sait qu'on est là tous les trois. On va te déshabiller en prenant bien soin de ton costume, et ensuite on va s'occuper de toi. Tu en as de la chance : deux belles filles comme nous, et déchaînées ce soir... »*

Gina dégrafe sa somptueuse robe de marquise puis se libère de l'armature de cerceaux d'osier sur laquelle elle reposait. Elle est nue là dessous, sauf ses bas blancs qui coupent sa cuisse juste au-dessus du genou. Elle m'enjambe et commence à me retirer mon pantalon pendant que Kylie me caresse les oreilles et les lèvres avec sa bouche pulpeuse et sa langue agile : *« Je vais te croquer tout cru mon grand, me glisse-t-elle à l'oreille, quant à Gina elle va te transporter hors de toi. C'est une magicienne. Fais-moi confiance. Elle est spécialiste des transports érotiques. Tu vas t'en souvenir longtemps de ce bal costumé, tu aurais dû t'habiller en Casanova plutôt... »*

VESTIAIRE

Enfin, c'est fini ! Je n'en peux plus de ces entraînements de foot le mardi et le jeudi soir. Le nouveau coach est déchaîné, fou comme une belette : tu verrais ce rythme, cette pression, ces cris, ces engueulades. Putain on n'est pas au rugby quand même ! Jusqu'ici on se contentait de faire des passes stratégiques tout en finesse, et on ne se fatiguait pas trop. Mais lui ça ne lui plaît pas du tout la finesse. Il se fout de notre gueule, il nous dit qu'on fait la guerre en dentelles et qu'il va falloir aller au charbon et au contact.

En plus ce soir il a plu à 17 heures, le terrain est pourri, on ne voit plus la couleur des maillots tellement on est pleins de boue.

Je marche vers le vestiaire en boitillant : je me suis pris un tacle meurtrier sur le tibia gauche pendant le dernier quart d'heure. Jamais plus je jouerai au foot. C'est décidé. Il est taré ce mec.

Heureusement le vestiaire est bien chauffé ce soir. Les douches coulent déjà à fond. La vapeur envahit la pièce qui empeste les chaussettes et les godasses, la sueur aussi.

Je n'en peux plus. J'ai à peine la force de retirer mes chaussures et mes chaussettes, rigides à force d'être imprégnées de boue. Je m'allonge un moment sur le banc. Je laisse les autres se doucher : ils sont chiants avec toujours les mêmes vannes à la con sur le zizi tout petit et qui pendouille comme une nouille. Ils me fatiguent : ils en sont restés aux années Collège, même pas Lycée. Qu'est-ce qu'ils sont débiles ! On dirait qu'ils essaient de rivaliser avec ceux du rugby ! Ils ont du mal à grandir, en fait ils ne veulent pas grandir du tout : ils croient que grandir ça veut juste dire vieillir. Je me sens incapable de leur expliquer la différence : je suis trop crevé.

Je ferme les yeux et je respire profondément en essayant d'appliquer la méthode de mon prof de Yoga. Au bout de quelques secondes je suis bien, relax, j'oublie le foot et le coach et les vannes de collégiens.

C'est Samuel qui me fait émerger. Il est assis sur mon banc, près de ma tête. Qu'est-ce qu'il fout là ? Il n'a jamais joué au foot. Il a horreur de ça. Il me sourit et me parle doucement en me proposant un massage des cervicales pour faire partir les tensions et la violence de l'entraînement.

Je me couche sur le ventre et il commence par les épaules. Il fait rouler mes trapèzes avec force et douceur. C'est trop bon. Après il manipule mes bras et s'occupe des deltoïdes. Et enfin le crâne et les cervicales. Là ça fait mal, parce que je suis vraiment coincé à ce niveau. *« Tu es raide de la tête ! »* me dit-il en rigolant, toujours avec ses phrases à double sens. Il termine par les para-vertébraux, en remontant : là c'est trop bon, ces sensations tout le long de l'épine dorsale, ça me fait frissonner.

Il est vraiment doué pour les massages.

« Allez, maintenant à la douche, chaude puis froide, tu vas voir, tu vas renaître ! »

Il se déshabille lui aussi et me pousse vers le fond. On disparaît dans la vapeur. On se retrouve seuls : les autres ont déjà fini.

Il se met sous le même pommeau que moi, s'empare du savon liquide et commence à m'enduire le torse, les bras, le dos. Je le laisse faire, un peu inquiet tout de même quand il descend vers mes fesses, mais c'est tellement agréable, et puis il n'y a plus personne dans les douches.

Quoique… La porte grince, quelqu'un approche. Je me retourne, et à travers la vapeur je vois Dina, avec son mini-short fendu sur le côté, qui revient de son jogging toute rouge et essoufflée !

« Tu es gonflée ! Tu entres dans le vestiaire des garçons maintenant ?

— Ben oui ! Je les ai tous vus sortir. Tu peux m'expliquer ce que vous faites tous les deux à vous caresser sous la douche ?

— Mais enfin Dina, tu déconnes, qu'est-ce que tu vas t'imaginer ? Ça va pas, non ? C'est des trucs qu'on fait comme ça entre

Elle hausse les épaules et repart à travers la vapeur d'eau. Je me retourne : Samuel a disparu lui aussi. Je me retrouve tout seul, debout, à poil. Mes vêtements ont disparu. Comment je fais pour rentrer chez moi ? Il fait déjà nuit, d'accord, mais tout de même…

Je me faufile dehors. Le parking est désert. En courant vite et en passant par les petites rues je risque d'arriver chez moi sans croiser personne à cette heure-ci.

Le problème c'est Dina : qu'est-ce qu'elle va dire ? Qu'est-ce qu'elle va faire ? J'espère qu'elle n'est pas déjà partie avec sa petite valise en racontant partout ce qu'elle a vu sous la douche.

Je suis con aussi : qu'est-ce qui m'a pris de le laisser faire ? Et qu'est-ce qu'il foutait là ? Il n'avait rien à faire dans ce vestiaire.

SOUS LE BANDEAU

Je marche dans une petite rue sombre derrière le quartier des putes, tout près de la Place Belfort. La maison est mal éclairée par un réverbère poussif. C'est ici que je dois sonner et entrer. Il fait déjà nuit et le brouillard est tombé sur la ville, ne laissant luire que les pavés mouillés. Ça doit être l'hiver. Je sonne au numéro qui m'a été indiqué. Une petite porte s'ouvre au fond de la cour. Un grand bonhomme vêtu d'un costard noir, chemise blanche, cravate à rayures obliques bleues et jaunes, m'ouvre, je décline mon nom, il me fait entrer d'un simple geste, puis me dit : « *Suivez-moi* ». Nous prenons un escalier obscur en colimaçon qui semble descendre dans les entrailles de la terre. Les marches de bois grincent, ça sent le renfermé et la bougie. On dirait un funérarium.

Arrivés devant une porte noire avec un petit judas, il me demande de lui remettre tous les objets métalliques que je porte sur moi ou que j'ai dans mes poches. J'enlève ma montre et je lui donne toute ma monnaie, mon portable et mon trousseau de clefs.

Puis il ouvre la porte, me fait avancer et me dit de m'installer. Je suis dans un placard de un mètre carré. *« Vous voici dans le cabinet de réflexion. Les consignes sont écrites ici. Je reviens vous chercher dans une heure. »*

Je m'assieds sur la chaise placée devant la petite table carrée. Le placard n'est éclairé que par une bougie posée sur la table. Un crâne humain me regarde de ses deux orbites vides. Une pierre brute est posée à gauche, une pierre parfaitement taillée en cube lui répond à droite. Une coupelle avec du soufre, une autre avec du sel. Un pain et une cruche d'eau. Un sablier. Les murs sont couverts d'inscriptions. J'en lis juste deux :

« Si la curiosité t'a conduit ici, va-t'en ! »

« Si tu crains d'être éclairé sur tes défauts, tu seras malheureux parmi nous. »

Devant moi une feuille imprimée me donne les consignes, à côté d'un bloc de feuilles vierges et d'un stylo. Je dois y rédiger mon testament, face à ce crâne, à ce sablier et à ces pierres. Et le remettre ensuite à mon guide, pour qu'il soit lu ou conservé, je ne sais pas.

Je commence à angoisser : cette obscurité, cette bougie, ce crâne, cette injonction à penser à ma propre mort... Je n'étais pas prêt à affronter tout ça d'un seul coup ce soir. Il y a juste une heure j'étais en ville avec les copains à rigoler, boire et manger dans notre bistrot préféré, et je me retrouve tout à coup dans un autre espace-temps, plongé dans le noir, dans le silence et dans l'horreur des questionnements métaphysiques : la vie, la mort, le sens de tout ça. Toutes questions que mes amis et moi cherchons à éviter à tout prix en nous étourdissant dans les divertissements. Plus c'est con et infantile et plus c'est efficace.

Bon, je prends le stylo et j'essaie de pondre quelques phrases pas trop débiles.

Si je devais mourir dans la nuit, qu'est-ce que j'aimerais laisser comme message à Dina, à mes parents, à mes potes ?

« *Après mon départ profitez bien de tous vos instants, ça me fera plaisir. Jouissez sans entraves, la vie est courte, mais n'oubliez pas de vous rendre utiles aux autres aussi, et pour cela ne vous laissez pas faire, ne vous laissez pas endormir par la télé, réfléchissez par vous-même et n'hésitez pas à penser à contre-courant. Ayez ce courage.* »

Voilà, c'est en gros l'idée générale de mon testament. J'ai peur que ça fasse un peu cliché mais j'ai rien trouvé de mieux. Sincèrement.

Je le lis et le relis en me disant : « *C'est tout ce que tu trouves à laisser aux autres ? C'est vraiment pas le testament du siècle.* »

La porte s'ouvre. Mon guide vient me chercher. Il empoche d'abord mon testament, puis me dit que je vais devoir abandonner ici symboliquement certains de mes vêtements, et qu'il va m'aider. Il m'enlève mon soulier gauche, me retrousse la manche de chemise gauche et le bas du pantalon droit. Puis il sort de sa poche un grand bandeau noir et me dit : « *Vous aurez les yeux bandés pendant toute votre initiation. C'est votre parrain qui vous enlèvera ce bandeau à la fin. D'ici là je vous guiderai dans tous vos déplacements à l'intérieur du temple. Je ne vous lâcherai jamais. Vous pouvez avancer en toute confiance. »*

Mon guide frappe trois coups à la porte du temple. Elle s'ouvre et il présente ma requête : être initié et admis dans la grande fraternité. Une voix inconnue transmet ma requête à celui qu'elle appelle « Vénérable Maître ». J'ai son accord. Il me donne le droit d'entrer. Mon guide m'empoigne par la nuque, me fait brusquement courber la tête et me fait entrer plié en angle droit. À ce moment un vacarme épouvantable emplit la pièce. On dirait que tous les démons de l'enfer m'attendaient pour me gueuler dessus. Hurlements, roulements de tambour, chocs de cymbales, coups de tonnerre. Je suis mort de trouille. Qu'est-ce qu'ils vont me faire maintenant ? Mais mon guide est toujours là à me serrer le bras. Il me fait avancer et on se met à tourner lentement autour de la pièce. On s'arrête. Je sens plusieurs souffles qui attaquent mon visage, comme un vent violent et très proche. Puis on repart pour un tour pendant que cliquètent des objets métalliques, des couteaux ou des épées peut-être. On s'arrête à nouveau. On verse de l'eau sur ma tête. Puis on repart pour un tour. On s'arrête encore. Je sens s'approcher de mon visage quelque chose de très chaud, une torche j'imagine. Mon coeur bat comme un fou. Quelqu'un me met dans la main une sorte de gobelet en terre et me dit : *« Jusqu'à la lie tu dois la boire »*. C'est amer et brûlant, vraiment dégueulasse. Je bois cul sec.

Une voix lointaine me dit alors que j'ai franchi toutes les épreuves et que je viens d'être admis au sein de la Loge. Je sens des mouvements de pas autour de moi. Des gens qui s'approchent et m'entourent. Derrière moi quelqu'un touche le noeud de mon bandeau et s'apprête à me l'enlever.

Et là tout à coup une musique terrible retentit. Je la reconnais dès la deuxième mesure : la musique funèbre maçonnique de

Mozart. Ils vont me tuer, c'est sûr. C'est terrifiant. Je vais partir dans les vaps tout de suite.

Une voix venue d'en haut tonne alors : « *Donnez-lui la lumière !* »

Mon bandeau tombe, je cligne des yeux, et je vois trente épées pointées vers moi, tenues par trente hommes en costard, gants blancs et tablier bleu et blanc. Je suis ébloui, je ne vois que les épées et les tabliers, pas les têtes.

Le personnage central me dit :

« *Sachez que dans cette Loge vous allez désormais devoir cohabiter avec votre pire ennemi. Il se tient en ce moment derrière vous. Retournez-vous et regardez-le en face.* »

C'est sûr je vais tomber raide mort.

Je me retourne lentement et je vois ma propre tête, livide, au bord de la syncope. C'est un miroir que me tend mon parrain ! Ils sont trop forts.

Après ils rangent leurs épées dans les fourreaux. C'est comme si brusquement tout le monde poussait un grand soupir de soulagement. C'est fini. Ils viennent à tour de rôle m'embrasser trois fois et me dire quelques mots de bienvenue à l'oreille. Je suis leur nouveau frère. Ils comptent sur moi comme je peux désormais compter sur eux, à la vie, à la mort.

A la fin un frère que je n'avais pas vu s'approche sur le côté, me touche le bras et m'enlace en tremblant : c'est mon père ! Qu'est-ce qu'il fait là ? Il pleure ! Il me dit d'une voix chevrotante :

« Après le jour de ta naissance, c'est le plus beau jour de ma vie ! Fils, Frère, tout s'embrouille dans ma tête. C'est le plus beau cadeau que tu m'aies jamais fait, Dylan. Merci mon fils. Merci à toi d'être venu te joindre à nous. »

Ça y est, je chiale moi aussi sur ses cheveux blancs en le serrant contre mon épaule. C'est trop ça : jamais j'avais vu chialer mon père avant ce soir.

Là c'est Dina qui me secoue comme une dingue :

« Purée Dylan, calme-toi ! Tu m'envoies des gifles et des coups de pied de partout ! Et tu cries, et tu pleures. Tu parles aussi, du crâne, du bandeau, de la lumière, du Vénérable. Tu as encore rêvé de la Maçonnerie. Je t'ai déjà dit que tu n'étais pas obligé d'y entrer juste pour faire plaisir à ton père. Moi ça me fait peur ces trucs de société secrète. Et puis toutes ces simagrées, je trouve ça d'un ringard ! Allez, réveille-toi. On a mieux à faire. »

LE CANON

Je suis complètement bourré ce soir : on a fini toutes les réserves d'alcools faibles et forts, parce que demain on fait escale à Ajaccio et qu'on va pouvoir refaire le plein de carburant.

Je suis allé m'allonger sur le pont, sur la banquette arrière, parce que l'odeur de la cabine me fait gerber. Je comate un peu en regardant les étoiles. Ma tête a du mal à suivre les mouvements du bateau : ça bouge là-dedans et ça tape contre mon crâne.

Au bout d'un moment de semi-somnolence je vois une fille qui se laisse glisser le long du mât comme une trapéziste ou une strip-teaseuse et qui vient s'allonger sur la banquette blanche d'en face, tranquille, comme pour prendre l'apéro. C'est une grande black magnifique avec des jambes fines et immenses de gazelle. Elle porte pour tout maillot de bain un string blanc. Ses seins nus d'ébène profond pointent sur moi comme une provocation et un défi.

Elle me sourit et d'un coup ça me revient : Abra !

Cette fille m'avait vraiment plu sur internet. Elle avait quelque chose de plus distingué que les autres filles du salon de massage. On voyait bien que c'était une étudiante, une intellectuelle, qui faisait ça pour payer ses études, mais qui avait aussi dans le regard, dans certains gestes ou certaines intonations, un peu de malice et de perversité. Comme si elle cherchait à me provoquer à distance. Tout ce qui m'excite. J'ai eu l'impression qu'elle jouissait vraiment en se caressant devant l'oeil de la caméra et en se sachant observée : ce n'était pas simulé, je m'y entends.

Alors quand je l'ai vue au départ d'Hyères sur le ponton et qu'Akou me l'a présentée comme sa petite soeur Abra, un frisson m'a traversé les reins, à la fois la décharge électrique d'excitation devant cette grande déesse noire, ce canon en débardeur et mini short, et la peur qu'elle me reconnaisse et raconte tout à Dina pour rigoler.

Pendant tout le voyage je l'ai évitée, au moins du regard, parce que s'éviter vraiment sur un dix mètres c'est pas gagné. D'autant qu'elle ne cherchait pas à m'éviter du tout, me touchait en passant, me frôlait sans arrêt, me provoquait du regard comme si je l'excitais vraiment. Le pire c'était la baignade : là je refusais carrément sous des prétextes bidons, parce que je sentais qu'elle allait à tous les coups venir se coller à moi sous l'eau. Je crois qu'en fait elle cherchait juste à me mettre mal à l'aise. Elle me tenait.

Le temps que je repense à tout ça, la banquette est vide, Abra s'est évanouie. Disparue comme une sirène dans la nuit qui enveloppe le voilier. Elle n'avait rien de spécial à me dire. Elle voulait juste revenir me narguer avec son petit sourire en coin, sûre de son effet sur moi. Je ne saurai jamais pourquoi elle s'est noyée l'an dernier pendant la traversée. Elle a trébuché ? glissé ? a été emportée par une vague ? avait trop bu ?

Je sens que je glisse progressivement dans un sommeil profond, comme une masse inerte qui n'a rien vu et qui rejoint le fond de la mer. J'ai peur de rêver à nouveau et qu'elle en profite pour revenir se faufiler dans ma tête et me hanter. J'espère que Samuel va bientôt arriver et me relever de mon quart. Lui aussi l'avait vue sur internet : il faut que je le mette en garde.

AKOU

COURSE

Vite, vite, ils sont tous derrière moi

Ils me touchent déjà avec leurs longues mains gluantes

J'entends le râle de leur respiration

Je cours, je cours

Non, je n'y arrive pas

Je ne vais pas y arriver

Mes jambes sont lourdes, mes pieds n'arrivent pas à décoller du sol

Je force avec le torse pour ouvrir la barrière de l'air, pour creuser la distance

Mais rien n'y fait, ils me rattrapent, je le sens

Je n'y arriverai pas

Ils m'ont eue.

Qu'est-ce qu'elles vont me faire toutes ces mains ?

Quelle horreur !

Quel délice !

VOL

Je ne peux plus avancer

Je suis trop lourde et plombée pour la terre

Alors j'agite mes bras, je pousse un grand coup avec mes pieds, et hop c'est parti, je m'envole

Je sais que je peux faire ça, je l'ai déjà fait plusieurs fois

Je monte, très vite, je rase le sommet du premier arbre, je sens ses feuilles qui frôlent mes pieds au passage, je l'ai évité de justesse

Je file, très vite, je sens ma poitrine qui se gonfle et s'emplit d'un seul coup, ça m'allège et ça me fait monter, comme un moteur silencieux et puissant

Comme un ascenseur pris de folie et qui est aspiré brutalement vers le haut

Comme une fusée de feu d'artifice

Comme un bouchon de bouteille de champagne

Je monte toujours, je bascule vers l'avant

Je suis presque à l'horizontale maintenant, bras écartés

Comme un avion, comme un oiseau

J'ai perdu tout mon poids, c'est trop facile, je rase les arbres, je frôle le sommet des immeubles

Je me joue d'eux : je leur fonce dessus à toute allure et au dernier moment je lève un peu le nez et vroufff je les évite.

ENTRE DEUX EAUX

Je plonge depuis la falaise qui borde la calanque. Port-Pin. D'habitude j'ai peur et je fais la bombe, mais là je me sens en confiance, à l'aise, sûre de moi, je tends les bras au-dessus de ma tête puis en avant et je bascule. Je serre les pieds. Je ferme juste les yeux au dernier moment. J'entre dans l'eau presque à la verticale, jambes jointes et tendues. La classe. Le froid me saisit. Je me laisse descendre au maximum avant d'amorcer ma courbe de remontée. J'ouvre les yeux, je vois là-haut la clarté du soleil à la surface, comme un couvercle jaune-vert translucide et mouvant. J'émerge et je m'ébroue en aspirant une énorme goulée d'air chaud.

A ce moment j'entends un grand plouf derrière moi : il a plongé juste après moi, il me rejoint. Il émerge à son tour, baisse la tête et fonce vers moi de son crawl superbe et facile, comme s'il lui suffisait de se vriller à la surface de l'eau.

J'avance moi aussi vers l'autre rive de la calanque. Il plonge avant d'arriver à ma hauteur et remonte le long de mes jambes qu'il frôle à peine dans une caresse d'approche, un simple bonjour.

Je plonge à mon tour et viens m'enrouler autour de lui, corps à corps fluide, comme deux dauphins langoureux, un blanc et une noire, yin et yang, les complémentaires faits l'un pour l'autre.

Nous sommes nus tous les deux, mes mains caressent ses jambes et son torse au passage, ses mains courent le long de mes cuisses, de mes fesses et de mon dos, lianes frôleuses. Puis il s'éloigne d'une légère poussée comme pour me frustrer et faire durer le plaisir de recommencer à nouveau l'approche et le contact. Nos deux corps ont perdu leur lourdeur terrestre, ils se coulent dans l'eau, ils deviennent liquides eux aussi, fluides et lisses comme les corps huilés des athlètes grecs prêts pour la lutte, ce corps à corps dansant, violent et érotique entre deux hommes que je me plais à imaginer : le spectacle interdit aux femmes.

Il m'entraîne vers le fond, puis je l'entraîne vers la surface, la danse nuptiale se poursuit avec ses ralentissements et ses brusques accélérations.

Nous sommes seuls. La calanque est à nous. C'est la fin de la journée, le soleil continue à décliner tout là-bas à droite, son disque est déjà à moitié descendu derrière la cime de la falaise et change de couleur avant de disparaître. Nous allons pouvoir rejoindre la minuscule crique de sable blanc qui nous attend entre les rochers, surplombée par les pins. Je nage vers notre chambre. Nous allons poursuivre le corps à corps sur le sable et mettre fin à cette tension qui devient insoutenable. Je sors de l'eau, saute sur les rochers et me jette haletante sur le sol de la crique. La chaleur du sable blanc saisit mon ventre et accueille tout mon corps noir comme une promesse de volupté.

Je l'entends arriver et sortir de l'eau derrière moi. Je tourne la tête pour saisir ses

lèvres quand il s'allonge sur moi : ce n'est pas
Andrea ! C'est Samuel ! mince, bronzé, beau
et nu comme un dieu grec.

PÉNIS

Ce matin, au sortir d'un cauchemar terrifiant où j'étais prisonnière et victime de chirurgiens nazis dans un hôpital lugubre près de Mauthausen, je me suis réveillée dans mon lit avec un pénis qui m'était poussé pendant la nuit. J'étais devenue un homme.

J'étais couchée sur le dos, je sentais quelque chose de bizarre sur mon ventre, alors j'ai rejeté le drap, j'ai soulevé ma tête pour regarder, et il était là, raide et noir, dirigé droit vers mon nombril et mes yeux, avec sa tête rose décalottée et presque attendrissante, son petit trou qui me regardait narquois, ses grosses veines bleues le sillonnant en serpents tortueux, soutenu par son soubassement massif de testicules ronds et hirsutes aux poils frisés.

Ce n'était pas un rêve pourtant, ce n'était pas non plus une simple réminiscence revisitée du premier paragraphe de « *La métamorphose* » de Kafka. J'étais bien là dans ce lit avec mon pénis tout neuf. Greffé par les chirurgiens pendant mon rêve ? Peut-être.

Je le touche prudemment pour ne pas l'effrayer. Il est doux, souple et ferme en même temps. Et mobile, dans tous les sens. Sous ma main il durcit immédiatement. Il devient large et long, très long. Bien plus long que celui d'Andrea en tout cas !

Que faire maintenant ?

« Akou a un pénis. » Ok. Quelle est la prochaine étape ? Où est le mode d'emploi ?

On fait quoi quand on est brusquement métamorphosée en homme, la nuit, par surprise et sans entraînement ?

C'est quoi, faire l'homme ? Et faire la femme, c'était comment ? Et être un homme ? Et se sentir homme ? C'est quoi la différence ?

Je suis abasourdie, assommée, dans le brouillard total, avec toutes ces questions.

Je me raccroche à Tirésias, vieux souvenir du Lycée, celui qui, tout homme qu'il était, a été condamné à faire une excursion dans le corps d'une femme pendant sept ans, puis a retrouvé son corps d'homme. Et là bien sûr, la

seule question qui taraudait Zeus et Héra était :
« *Comment c'est la jouissance d'une femme
par rapport à celle d'un homme ?* » Et lui de
répondre : « *Si la jouissance totale est 10,
celle de l'homme est 1, et celle de la femme est
9 !* » Ça je m'en doutais un peu, parce que
quand je commence à jouir ça peut repartir
indéfiniment, dès que le premier orgasme a
joué le rôle de déclencheur, je suis inépuisable
et insatiable, les hommes s'en doutent et ça
leur fait à la fois envie et peur, parce que eux,
une seule petite éjaculation les vide
immédiatement, et les satisfait pour un bon
moment. Alors ils s'endorment repus.

Donc je vais faire mon Tirésias à
l'envers : je vais voir comment c'est dans la
peau d'un homme, qu'est-ce que ça fait
d'avoir ce pénis externe et visible, celui dont
Freud pensait que la femme se sentait privée.
Je vais enfin savoir, et je pourrai le raconter
aux copines.

Je me lève et me regarde dans le grand
miroir, de pied en cap : je suis vachement
belle, parce qu'en haut j'ai gardé mes seins

ronds et altiers, en bas j'ai gardé mes hanches larges et voluptueuses ainsi que mes fesses hautes et callipyges, et en plus j'ai sur le devant cet organe magnifique qui me salue de sa fière érection matinale. J'ai l'impression d'avoir devant moi l'image de Chloë Sevigny dans la série *Hit and Miss*, la transsexuelle tueuse à gages, en mieux bien sûr, en black !

Maintenant je dois descendre dans la rue et me balader un peu pour voir l'effet que je produis sur les femmes et sur les hommes. J'enfile un pantalon hyper moulant pour bien mettre en valeur mes nouveaux attributs virils ; je mets un débardeur qui exhibe aussi mes seins ; je me coiffe d'une casquette de biker en cuir noir que j'emprunte à Andrea : elle va bien avec mes tatouages sur le cou et sur les bras (aigles et serpents). Un dernier coup d'oeil vers le miroir : c'est parfait, ça va déchirer ! Reste à me trouver un prénom bisexuel, mais j'aviserai plus tard.

Pour l'instant je vais me caler à une terrasse de bistrot et me jeter une Desperados en observant derrière mes Ray-Ban l'effet que je produis. Je n'ai pas longtemps à attendre : le serveur homo qui m'a vue arriver depuis le fond du bar se précipite vers moi, excité comme une puce :

« *Tu es nouveau ici, ou nouvelle peut-être, comment dois-je dire ?*

— Nouveau, dis-je, en me mettant ostensiblement la main au paquet.

— Je ne t'ai jamais vu au Shan-gay, la boîte de l'impasse des Bons Amis. Si tu y vas cette nuit j'y serai à partir de trois heures. Tu verras, c'est très cool.

— J'y passerai peut-être, mais aujourd'hui je veux surtout savoir si je fais de l'effet aux femmes hétéros, ne le prends pas mal, tu es très mignon toi aussi. »

Je n'avais pas prévu ce genre de complication : les hommes hétéros risquent eux aussi de succomber, plus les homos, plus les femmes hétéros, plus les lesbiennes et tous les bi… Je ne vais pas savoir où donner de la queue : elle va être vite rodée.

*

*   *

Nuit noire. La route de Blagnac est luisante de la dernière giboulée d'avril. L'impasse des Bons Amis s'ouvre sur le trottoir de gauche, juste après la Sidrería. Elle est sombre et déserte. Au fond une lanterne chinoise rouge éclaire une petite porte en fer noir percée d'un judas carré protégé par une grille. Le Shan-gay. La dernière boîte branchée. Le portier fait coulisser le volet, me jette un coup d'oeil suspicieux et ouvre la porte : « *Bonsoir, vous êtes le ou la bienvenue au royaume des possibles. La nuit est à vous.* » Je descends par un escalier métallique presque vertical pour m'immerger dans le vacarme de la techno et les éclairs rouges et bleus des projecteurs. Ma tête est prise tout de suite dans ces battements violents des basses, mon ventre résonne à l'unisson, mon corps entier se met en mouvement et je progresse vers le centre de la piste, pris par le rythme. Je ferme les yeux, ma tête n'est plus qu'un appendice de la

154

musique, mes cheveux fouettent l'air, secoués par mes mouvements saccadés, mon coeur bat à 130 au rythme des basses, la sueur dégouline de mon front et s'écoule vers le creux de mes seins. Je sens autour de moi se rapprocher les danseurs, des têtes frôlent mes cheveux, des mains palpitent autour de mes fesses et convergent vers ma braguette, pendant que d'autres commencent à explorer mes seins. J'ouvre les yeux : je suis entourée par six ou sept hommes et femmes dont je reconnais certains. Ce sont des amis d'enfance de la cité de La Reynerie. Je n'en veux pas autant, je veux juste en choisir une, hétéro ou bi, peu importe. Je prends par la main celle que je ne connais pas encore, la grande aux cheveux de feu, moulée dans un fourreau de soie bleu-nuit. Elle me rappelle Dina. Ma main gauche saisit sa nuque et j'approche ma bouche de ses lèvres entrouvertes. Nos langues scellent un accord immédiat. Je la tire derrière moi et lui fais remonter l'escalier : elle a du mal avec sa robe collante et ses stilettos.

*

*   *

Nous nous retrouvons à l'air libre. Mes oreilles et mon crâne vibrent encore comme un tambour frappé par un marteau. Nous haletons comme si nous venions de terminer un 400 mètres. C'est elle qui m'entraîne à présent vers un porche qui abrite un portail de garage. Elle ouvre ma braguette, dégage mon sexe d'un mouvement souple et enveloppant qu'elle poursuit en une caresse de bienvenue. Elle voit qu'il est prêt. Alors elle remonte sa robe bleue au-dessus des hanches, rien dessous, elle me tourne le dos en appuyant ses mains au mur, elle se cambre, ses fesses remontent instinctivement vers moi, elle écarte ses pieds et attend. Pas longtemps : mon nouveau sexe a grossi monstrueusement. Je la saisis par les hanches et la pénètre directement, à fond, d'un seul coup de reins. C'est dingue cette sensation d'être à l'intérieur de l'autre. C'est à la fois tonique et doux, mouillé, lubrifié, adapté : on dirait que son vagin m'attendait et avait adopté le bon diamètre, la bonne longueur. En même temps je sens ses muscles tout autour qui se contractent en suivant mes mouvements. On est en phase totale. Je sens bien le fond de son vagin, le museau de tanche du col de l'utérus, et là-haut sur la paroi antérieure, un peu à droite, le point miraculeux qui déclenche tout de suite le sursaut magique. Elle jouit très vite et hurle très fort, comme si c'était de douleur, ou de trop de plaisir, insupportable en tout cas. Le hurlement est le même que pour la souffrance.

Puis elle se dégage brusquement et me dit dans un râle : « *Ne jouis pas tout de suite, je veux te prendre dans ma bouche, maintenant !* »

Elle s'agenouille. Je la laisse faire d'abord, puis je la saisis par les cheveux pour accompagner le mouvement de sa tête. Je ne reconnais pas la montée par vagues habituelle que je ressentais autrefois dans mon vagin. C'est très différent : une sorte de tension presque douloureuse qui va en s'exacerbant mais que je voudrais conserver en retenant au maximum la montée fatale vers l'éjaculation. Elle le sent et ralentit son mouvement de succion qu'elle remplace par une caresse lente et spiralée de sa langue.

« Tu peux y aller maintenant, je suis prêt à jouir dans ta bouche si tu veux. »

Elle reprend et accélère. Ses mains agrippent mes fesses et les rapprochent de sa bouche. Elle lève les yeux vers moi pour saisir sur mon visage l'expression presque douloureuse de l'orgasme qu'elle dévore comme un cadeau supplémentaire. Elle gémit de plaisir en déglutissant mon sperme et, pendant que mes spasmes se calment, elle continue à me lécher pour ne pas en perdre une goutte. Sa langue me prend tout ce que j'ai pu expulser. Elle s'en délecte avec de petits feulements.

C'est grandiose aussi de jouir en homme et d'offrir toutes ces jouissances à une femme.

Cette nuit l'impasse des Bons Amis a accueilli ma première expérience sexuelle d'homme, avec une inconnue, en plein air, clandestine, sous un porche, avec le risque d'être surpris par les passants.

Je sais maintenant comment c'est d'être homme. Je peux me réveiller.

BAPTÊME

Je suis en Afrique. Bénin. Aéroport international de Cotonou. C'est la deuxième fois que je mets les pieds là-bas. La première c'était quand j'avais décidé de vivre avec Andrea : j'avais dû le présenter à mon grand-père Kofi, le chef du village.

Dès que je passe la porte de l'avion, sur la passerelle, l'Afrique me tombe dessus. Chaude, lourde, humide, oppressante pour moi. Un plafond de nuages menaçants m'oblige presque à baisser la tête, comme si je sortais d'un hélicoptère. C'est le couvercle noir qui annonce la pluie, tant espérée et redoutée.

C'est bizarre, parce que je suis descendue de l'avion seule avec mon fils à la main, sans Andrea, mais ça n'a l'air d'étonner personne.

Mes parents m'avaient dit :

« Maintenant que tu as un fils, tu dois le présenter à tes grand-parents et le faire baptiser là-bas selon la coutume, ça le

protègera. Il sera intégré à la communauté. C'est important, surtout quand la mère est née en France et qu'elle vit là-bas. Tu dois protéger ton fils : il est l'un des nôtres. Surtout dans son cas. » Qu'est-ce qu'ils ont voulu dire par « surtout dans son cas » ?

Le Bénin. Le Quartier Latin de l'Afrique d'après certains. Mais aussi le pays de la traite des esclaves et du « vodoun », le culte que les Européens appellent « animiste » et qui a essaimé au Brésil, en Haïti et à Cuba. L'esclavage et le vaudou, voilà mes racines.

Je viens de là. Mon sang vient de là. Mes gènes et mon ADN sont les mêmes que ceux de mes lointains ancêtres kidnappés, enchaînés à fond de cale et expédiés en Amérique dans les bateaux négriers venus de Bordeaux. Ceux qui ont échappé à la razzia, organisée par leurs chefs de village pourris et vendus, sont tous là, vivants ou morts, ou ressuscités peut-être. Je le sens à ma gorge qui se serre dès que je pose le pied sur le tarmac. Ils m'ont tous repérée. Ils savent que je suis l'une des leurs, même si je n'ai pas l'odeur de la terre d'Afrique à mes semelles.

Et ils regardent tous mon fils d'un drôle d'air. Il a les cheveux crépus mais il n'est pas comme eux : peau blanchâtre, cheveux jaune-orange carotte, yeux bleu clair et plissés, presque fermés. La lumière de l'Afrique l'aveugle : photophobie ! Les gens se figent sur notre passage et murmurent : *« C'est un albinos ! »* J'ai très peur qu'ils le prennent pour un démon, un être maléfique qui vient leur porter la poisse. On a vu souvent des meurtres ou des mutilations d'enfants albinos dans certains pays d'Afrique. Il faut que je leur explique et que je le protège : mais comment leur expliquer ce qu'est un déficit génétique en mélanine ?

Je lui mets ses lunettes de soleil et lui fais une bise en caressant ses magnifiques cheveux doux et drus, poil de carotte. Et je pense : « Mon pauvre Gianni, en France tu es trop noir, et au Bénin tu es trop blanc, ça ne va jamais. Il va falloir que je me batte et que tu te battes aussi pour te faire ta place quelque part. »

Nous sortons de l'aéroport de Cotonou (« Cardinal Bernardin Gantin ») et prenons le bus qui remonte le fleuve Ouémé vers Adjohoun et Bonou. C'est là que ma famille m'attend : grand-parents, oncles, tantes, cousins et neveux... On est dans le Sud de l'ancien royaume du Dahomey, la patrie du vaudou.

Le bus roule à fond, le chauffeur est excité comme un malade, c'est vrai que la route a l'air de bonne qualité : je m'attendais presque à une piste de terre creusée d'ornières et ce n'est pas du tout le cas. Gianni est ravi : il regarde défiler ces paysages à la terre ocre rouge et jaune que je lui avais montrés à la télé pour le préparer au dépaysement. Il est surtout fasciné par le fleuve qui roule ses eaux brunes à sa gauche, vers l'Atlantique, Nord-Sud, en se jetant d'abord dans le lac Nokoué. Bordé par des murs de cases grises qui s'interrompent par moments pour laisser place à nouveau à la forêt qui pousse jusque dans l'eau sa masse sombre et mystérieuse : là où la civilisation moderne n'a pas encore eu le temps de sévir. Sillonné d'immenses embarcations de bois avec cinq à six hommes en débardeur blanc à bord, qui transportent des vivres et de l'outillage dans des paniers d'une rive à l'autre en scandant leurs mélopées de bateliers. Je lui explique : « *Gianni, je ne suis pas née ici, mais mes parents et mes grand-parents oui. Alors tu viens un peu d'ici toi aussi. Tu es à moitié Africain et à moitié Italien.* » Il n'a pas l'air du tout étonné. On dirait qu'il revient à son village natal pour les vacances. C'est peut-être vrai dans le fond. L'an prochain on ira en Italie du Nord, près de Cuneo, chez son père, et peut-être qu'il trouvera tout ça normal.

Une très vieille dame en costume d'autrefois jaune et noir assorti à son turban majestueux se lève dans le bus. Elle s'approche de Gianni en souriant et lui offre des bonbons en le complimentant sur ses beaux cheveux. On dirait qu'elle essaie de me rassurer et de me faire savoir que toutes ces superstitions sur les albinos c'est fini au

Bénin. Je respire un peu et l'embrasse en la remerciant. Les autres occupants du bus défilent à leur tour, un par un. Le dernier, un vieillard édenté, se présente : « *Je suis moi aussi un descendant d'esclaves. Mon aïeul a été transporté de force jusqu'en Haïti. Je ne voulais pas être enterré là-bas, ma place est en Afrique. Alors je reviens. Nous revenons tous : nous sommes des revenants. Tu le seras un jour toi aussi ma fille.* »

Ce sont des revenants, des morts. J'ai bien compris. Rien ne me surprend. Je me suis installée avec Gianni sur la banquette arrière dans le bus des morts qui nous remonte vers le Nord, vers le pays profond.

Le bus arrive à Bonou. Mes cousins nous attendent sur la place. L'accueil est froid dès qu'ils voient Gianni. Ils nous font monter dans leur pick-up Toyota cabossé de partout et tapissé de terre rouge, nous démarrons en trombe et nous sortons de la ville par des pistes poussiéreuses qui s'enfoncent vite dans la forêt et deviennent peu à peu des chemins cahotiques. La forêt nous avale et se referme derrière nous. Fini le Bénin moderne de Cotonou et de Porto-Novo : nous entrons dans le vieux Dahomey qui n'a jamais cessé d'exister. Le Dahomey des villages, des chefferies, des lignages, des rituels, des sorciers, des symboles, des incantations nocturnes. Tout ce que les télés ignorent et occultent. Mauvaise image du pays pour les banquiers, les investisseurs, les avocats d'affaires et leurs sous-fifres les politiques en limousine noire.

Une brume brûlante et oppressante s'écoule de la voûte des arbres et tombe sur nous en couvercle étouffant et en murailles menaçantes qui nous coupent de la civilisation de la côte. Elle pénètre jusque dans mes alvéoles pulmonaires. Je suis envahie par la brume de mon pays. C'est trop puissant. Je suffoque. Gianni épuisé s'est endormi sur mes genoux. Je mets mon nez dans ses cheveux : son odeur familière me rassure et me met dans un état de somnolence semi-éveillée.

Le pick-up s'arrête sur un espace découvert de terre ocre ceinturé par des cases.

Tous les villageois sont là, en habits de cérémonie, debout et silencieux, en rond. Devant la plus haute case, face à moi, un vieillard est assis, tête surmontée d'une coiffe cylindrique brodée, longue robe bleue, son bâton de commandement dressé tenu par sa main droite. C'est Kofi, mon grand-père, le chef du village. C'est à lui que je dois me présenter, et c'est lui qui doit accepter mon fils comme membre de la communauté. Pas l'accueillir : l'accepter. J'ai bien compris la différence : il s'agit d'un examen. Que va-t-il se passer quand il va le voir ? Va-t-il le refuser ?

En fait il le voit déjà : il nous a vus débarquer du pick-up et attend que je m'avance vers lui avec mon fils à la main. Je sens son regard qui m'ignore et qui se braque sur Gianni. C'est l'extraterrestre qui atterrit dans le village. Que vont-ils faire de lui ? Il faut que mon grand-père dise quelque chose, qu'on en finisse.

Tous les villageois se déplacent lentement et se disposent sur deux colonnes. Ils viennent former une haie qui me désigne le chemin vers le siège du chef.

Je m'avance, Gianni serre ma main. Je la lui serre en retour pour le rassurer. Je m'arrête à cinq mètres de Kofi. Il fait un léger signe avec son bâton, Gianni lâche ma main et curieusement continue à s'avancer vers lui, fier et droit comme un jeune guerrier qui vient se faire adouber par son suzerain. Kofi lui passe la main dans les cheveux, et brusquement une voix d'outre-tombe sort de ses lèvres violettes :

« *Je suis Kofi ton arrière-grand-père, petit, n'aie pas peur. Tu es né un lundi (Djoda), alors tu t'appelleras Kodjo. Ce sera ton vrai nom pour nous, ici, dans notre village, qui est désormais le tien. Nous avons beaucoup de chance de te voir arriver aujourd'hui : la couleur de ta peau, de tes yeux et de tes cheveux sont le signe que tu as des pouvoirs précieux. La vie te dira lesquels et tu pourras les mettre à notre service un jour, quand tu auras été initié, dans quelques années. Maintenant on va tous s'asseoir* autour du banquet qui a été préparé pour ta venue, tu vas entendre nos chants et voir nos danses qui n'ont pas changé depuis le temps du royaume de Dahomey, et on va pouvoir se parler toute la nuit tous les deux. Kodjo, tu es le bienvenu à Bonou, en pays Ouémé, tu es dans ton pays. »

PETITE SOEUR

Il est deux heures du matin. La nuit est totale, massive, compacte : pas de lune, noyée dans le plafond de nuages, pas d'étoiles, éteintes, soufflées par le vent. Le « Libeccio » s'est levé et le voilier au mouillage commence à danser. Je n'aime pas quand on est à l'arrêt et qu'il se soulève dans tous les sens. J'ai horreur de la Méditerranée à cause de ça : j'ai tout de suite mal au coeur, dès qu'on n'avance plus et qu'on fait l'ascenseur. J'ai promis de faire le guet jusqu'à quatre heures. Après, Andrea viendra me relever.

Je m'allonge et ferme les yeux pour essayer de calmer la nausée. Je sens que je sombre lentement dans une sorte de brume intérieure, d'aspiration douce qui me tire vers le fond de mes souvenirs, vers des choses que j'ai entrevues mais que je n'ai jamais osé m'avouer et que je transporte cachées au fond de ma cave.

Ma petite soeur Abra a senti que je n'allais pas très bien ce soir et elle vient me tenir compagnie un moment. Elle avance lentement depuis la proue du bateau, vêtue d'une longue robe aux couleurs flamboyantes, jaune et bleue, coiffée du turban assorti, parée comme pour une cérémonie de fiançailles ou de mariage.

Abra ! Qu'est-ce qu'elle est belle ! Je sais qu'elle vient du fond de la mer, juste pour me dire qu'elle ne m'a pas abandonnée. Et qu'elle va devoir y retourner ensuite.

ANDREA

ATTERRISSAGE

L'horreur !

Je vais m'écraser à tous les coups comme une grosse merde

Je vole très loin du sol, au-dessus des arbres et des maisons

Je vole toujours, de plus en plus vite, de plus en plus haut

Je vais beaucoup trop vite pour me rapprocher du sol

Je ne peux pas ralentir : pas de voile, pas de parachute

En plus je ne sais pas amortir la prise de contact avec le sol en faisant un roulé-boulé, je vais tout me prendre dans les pieds, dans les jambes, dans la colonne vertébrale, ça va se répercuter direct dans le crâne et ça va tout faire exploser

Je vais me fracasser.

RENTRÉE DES CLASSES

J'arrive au Lycée pour faire mon premier cours le jour de la rentrée avec mon vieux cartable marron tout flapi et je me dirige vers ma salle de classe, la 02 au rez-de-chaussée.

Elle est vide : aucun élève devant la porte, aucun élève à l'intérieur.

Je vérifie sur mon emploi du temps : c'est bien ici que je dois faire mon premier cours à 14 heures.

Le couloir est vide aussi : tous les élèves sont entrés dans leurs classes respectives et les profs commencent à faire l'appel.

Moi je n'ai pas d'élèves. Ils ont disparu : volatilisés…

RETOUR DU PÈRE

Je pousse la porte d'une maison qui n'est pas la mienne mais qu'il me semble reconnaître. L'odeur de moisi, l'obscurité du couloir, les boîtes aux lettres métalliques à gauche, le craquement de l'escalier de bois, les toiles d'araignée, la poussière qui vole dans l'air et se pose partout. Les animaux qu'on entend au rez-de-chaussée, cheval et cochon, l'odeur du foin, de la paille, du purin. Chaque sensation me dit quelque chose, me rappelle quelque chose : la maison de mon enfance.

Je m'engage dans l'escalier, puis dans un long couloir avec deux virages à angle droit, le premier à gauche, le second à droite. La porte de la cuisine est tout au fond à droite. J'avance dans l'obscurité. Je devine à peine les murs gris au badigeon sale. La pièce est vide et froide. Un évier de pierre occupe le coin gauche au fond, surmonté d'un robinet de laiton qui laisse couler une goutte d'eau intermittente. La cheminée à droite n'a pas été allumée depuis longtemps. Plus personne n'habite ici.

Je referme et me dirige à nouveau vers l'escalier. Les chambres sont au bout à droite. Je sais qu'il y en a trois : la première, grande, sombre, sans fenêtre, avec un grand lit bateau et une vieille armoire normande énorme, et deux plus petites qui donnent sur la grande par deux portes munies de vitres « cathédrale », avec chacune une fenêtre donnant sur la place, tapissées l'une en rose et l'autre en bleu. La rose c'est la mienne à gauche. La bleue celle de mes parents, celle où j'ai vu il y a longtemps mon père mort, allongé sur son lit, les mains jointes, les yeux fermés, la tête toute blanche enserrée de pansements blancs.

La porte de la chambre bleue s'ouvre en grinçant et mon père vient à ma rencontre, souriant. Il me tend les bras. Il est tout petit, il a toujours ses cheveux noirs entourant sa calvitie, et il n'a plus ses bandages blancs autour de la tête : *« Ah ! enfin te voilà ! dit-il. Je suis revenu souvent ici mais tu n'étais jamais là. »*

Ce n'est pas possible : quand on est mort on ne peut pas revenir comme ça et s'incruster chez les vivants. Comment je vais faire avec ce père dont j'avais intégré le départ et l'absence définitive depuis tant d'années ? Que lui dire ? Qu'attend-il de moi ? Comment allons-nous vivre dorénavant tous les deux ? Et comment dire ça à mes amis ?

« C'est pas possible papa ! Tu ne peux pas revenir comme ça ! Tu es mort !

— Mais qu'est-ce que tu crois ? c'est ça être mort : pouvoir revenir quand on veut chez les vivants, chez les survivants plutôt, en se faufilant dans leurs rêves. Tu n'as pas l'air content de me revoir. Pourtant au début, juste après mon départ, tu me parlais tous les soirs avant de t'endormir et tu me disais des choses très gentilles : que je te manquais beaucoup, que je n'aurais pas dû te laisser seul comme ça, que j'étais le meilleur papa du monde. J'étais ému, je pleurais avec toi, mais je ne pouvais pas te répondre. C'était trop tôt. Aujourd'hui j'ai enfin réussi à revenir, et je

*peux te parler. Alors pourquoi tu as l'air
embêté ? Tu devrais sauter de joie. »*

Je suis mort de honte de ne pas sauter de
joie. C'est horrible : je m'étais habitué à son
absence, et là je me révolte contre son retour.
Il ne peut pas me faire ça et s'imposer dans ma
vie, il n'a pas le droit, c'est contre nature.
Qu'est-ce que je vais bien pouvoir faire de lui
maintenant ? Il ne pouvait pas rester
tranquillement là où on l'avait mis
définitivement ?

Je suis un monstre.

ENCEINT

Je descends l'escalier derrière Akou en faisant très attention à ne pas rater une marche, parce que je suis enceint, de huit mois et des poussières si j'ai bien compté, et mon ventre commence sérieusement à m'entraîner vers l'avant. Quand nous arrivons en bas Akou se retourne, me sourit et caresse mon ventre tout rond : *« Ça va ? Ça ne tire pas trop ? On va se balader au jardin public, mais si tu fatigues tu me le dis tout de suite et on rentre, en taxi s'il le faut. »* Elle est adorable, elle est aux petits soins pour moi depuis huit mois. Quand elle part au travail elle laisse son téléphone branché, même pendant les réunions, au cas où. L'après-midi elle se libère pour qu'on aille se balader et prendre l'air, ou aller au ciné quand il pleut. Elle me surveille toujours du coin de l'oeil, mine de rien. Elle a déjà préparé ma valise pour la clinique, et elle laisse toujours la voiture garée devant la porte prête à partir à toute heure du jour ou de la nuit, s'il y a un événement imprévu. Elle me couve.

C'est une nouvelle technique avec fécondation de l'ovule in vitro puis positionnement de l'oeuf dans une niche du péritoine. L'accouchement se fera par césarienne bien sûr : « L'anatomie c'est le destin » dixit Napoléon.

Je suis le premier de la ville à avoir accepté d'expérimenter cette nouvelle méthode de gestation par le père qui a eu du mal à être acceptée juridiquement : j'ai dû certifier que je n'étais pas juste un père porteur rémunéré mais que j'allais vraiment m'occuper de cet enfant avec sa mère ! J'ai été cuisiné par des tas d'enquêteurs et de psychiatres chargés de détecter une éventuelle maladie mentale, un état psychotique sur le thème du changement de sexe, la conviction délirante d'être une femme. Mon attitude à la fois calme, déterminée et désinvolte a dû les rassurer : ils ont signé toutes les autorisations.

« L'avantage c'est que tu ne vas pas avoir de contractions ! Dès que l'échographiste

donnera son feu vert, on fait la césarienne et tu te réveilles à côté de notre bébé ! »

C'est vrai que c'est commode mais ça m'angoisse un peu, pas de porter le bébé, mais de ne pas le voir sortir de mon ventre, c'est un peu frustrant comme si on faisait ça dans mon dos en escamotant le vrai accouchement, réservé aux femmes.

Porter le bébé ça ne m'angoisse pas du tout contrairement à ce que j'aurais pu croire. Dès le lendemain de la « greffe » j'ai senti qu'il y avait quelqu'un dans le petit nid creusé dans mon péritoine. Quelqu'un, pas quelque chose. J'avais longuement examiné dans les livres d'anatomie cet organe bizarre qui ressemble à un tablier recouvrant l'intestin, comme un tablier de franc-maçon, c'est rigolo ce rapprochement que j'ai fait tout de suite. J'ai aussi pensé au petit kangourou qui termine sa genèse dans une poche ventrale : j'ai cherché à savoir si les mâles kangourous avaient eux aussi une poche ventrale, mais non, j'ai dû m'y résoudre, seules les femelles en ont une. Décidément, l'anatomie…

Je ne me suis pas senti du tout envahi par un alien, dès le début je lui ai parlé, je l'ai appelé « mon bébé » au masculin, mais je me suis vite aperçu qu'en disant « mon » je l'imaginais en fait toujours en petite fille, c'était une évidence pour moi : mon bébé c'était ma petite fille. Akou me mettait en garde : *« Attends de savoir avant d'imaginer, sinon tu vas être déçu si c'est un garçon, et il va forcément le sentir. »*

Mais rien à faire, je sentais en moi une présence féminine, et ce n'était pas juste moi qui me sentais maternel et donc féminin.

Au bout de cinq mois je n'arrivais plus à vivre dans l'incertitude, alors j'ai demandé à l'échographiste quel était le sexe de mon enfant, *« de notre enfant »* a rectifié Akou : *« C'est une fille »* a dit le toubib. Me voilà rassuré : je n'aurai pas à dissimuler ma déception.

Ma petite fille je lui parle souvent, dès que je me pose quelque part. Je la caresse à travers la peau de mon ventre en lui disant combien je suis heureux de la porter et de la sentir là-dedans bien à l'abri et toujours avec moi. Quand elle entend ma voix elle se tourne un peu et vient placer sa tête ou son dos sous ma main pour mieux sentir la caresse.

Parfois c'est elle qui décide de me parler. Elle me fait un signal en donnant un coup de pied ou de poing contre la paroi de sa poche si elle sent que je dors ou que je somnole. Alors j'écoute tout ce qu'elle a à me dire : qu'elle est bien dans mon ventre, qu'elle n'a pas envie de sortir pour l'instant, même si elle aimerait bien savoir à quoi je ressemble.

Et je me dis que dans le fond je n'ai pas trop envie qu'elle sorte moi non plus.

*

*　*

Nous voilà dans la rue. Le jardin public est à cinq cents mètres, derrière le rond-point. A cette heure-ci c'est plein de mamans avec leurs poussettes ou leurs landaus. Elles me regardent passer, figées, avant de se pencher vers leurs voisines pour leur glisser quelques mots à l'oreille. Akou est toute fière d'être à mon bras et me lance un clin d'oeil. Moi elles me font marrer : j'ai l'impression d'être un extra-terrestre venu en mission pour inaugurer une nouvelle méthode de reproduction importée d'une autre galaxie.

Je pense à Montesquieu : « Comment peut-on être Persan ? »

On ne va pas se laisser démonter par les regards, on va s'installer au contraire bien en vue à la terrasse de la buvette du jardin public, tranquilles, à l'ombre, et je vais exposer mon ventre superbe au regard de tous, et de toutes : bizarrement ou peut-être logiquement, ce sont surtout les femmes qui me regardent avec des yeux pleins de stupéfaction, d'inquiétude, d'interrogation, d'incrédulité, d'envie, de colère, de haine ou de mépris, c'est selon.

C'est étrange : comment puis-je être fier de ça ? D'être le premier cobaye mâle porteur d'un bébé ? On dirait que je les provoque du regard en leur lançant silencieusement :

« *Alors ? Qu'est-ce que vous dites de ça ? Ça vous la coupe, hein ? Je vais faire un bébé !* »

*

* *

Je descends à nouveau l'escalier derrière Akou. J'ai un peu plus de mal que la dernière fois. Elle porte ma petite valise et me jette des coups d'oeil inquiets de temps en temps. Elle m'installe dans la voiture et démarre vers la clinique. C'est pour aujourd'hui : le gynéco et l'échographiste ont décidé que le bébé était achevé, à point, et qu'il était temps de le faire sortir, de le séparer de moi. Je suis mort de trouille : pas pour l'incision de la césarienne qui va ouvrir mon ventre, mais pour l'état où je me trouverai au réveil, vide, creux, privé de mon bébé, que je découvrirai enfin, un peu comme un inconnu couché à côté de moi. A quoi va-t-elle ressembler ? Est-ce qu'elle sera normale ?

*

*　*

Je n'ai pas mal du tout ! Au-dessus de moi un carré de néons laiteux m'assomme de sa froide lumière techno-scientifique. Les murs sont bleus, ma blouse aussi. Je suis seul dans la chambre… non, en fait j'avais oublié de regarder à ma gauche : une boîte transparente en plastique juste à ma hauteur… c'est pas vrai ! c'est un berceau posé sur ses roulettes métalliques. Elle est là, minuscule, la frimousse toute rouge sous un énorme bonnet trop grand pour elle, elle dort, le poing fermé avec son étiquette au poignet. C'est ma fille. Libéti. Ma petite métisse. Je ne peux regarder qu'elle, tout le reste n'existe plus. Elle a de toutes petites oreilles transparentes striées par le réseau de capillaires rouges, un petit nez un peu retroussé, une bouche toute rose, entrouverte, comme suspendue par le sommeil dans un mouvement de succion, de gros globes oculaires sans sourcils, des petits doigts fripés comme si l'on venait de les tremper dans l'eau pendant des heures. Elle a tout normal, bien comme il faut : c'est un vrai être humain en miniature. Je surveille le drap qui se soulève légèrement à intervalles réguliers. Elle respire tranquillement comme si elle avait toujours été là, couchée dans cette chambre, dans ce berceau en plexiglas, juste à côté de moi. Elle est vivante ! Je n'ose pas encore la toucher de peur qu'elle disparaisse, qu'elle s'efface comme un mirage, je la regarde juste dormir, extraterrestre qui vient d'atterrir, tombée du ciel, apparition, miracle.

Et je pleure en silence, vidé, les yeux rivés sur elle, Libéti, ma petite fille… Je ne pourrai plus jamais dormir.

INITIATION

J'ai accepté d'aller au Bénin avec Akou pour qu'elle me présente à son grand-père et qu'on officialise notre couple, dans son village au Nord-Est de Bonou. Je sais que je vais être le seul blanc là-bas, et je ne sais pas comment ils vont s'y prendre pour m'initier et m'intégrer. Qu'est-ce qu'ils vont bien pouvoir me faire ? Parce que je me doute que ce n'est pas un simple repas de fiançailles : il s'agit vraiment de greffer un Italien né en France dans une lignée traditionnelle du Dahomey… Moi qui ai du mal avec la figure patriarcale, je vais devoir me confronter au chef du village, livré en pâture par Akou à tous ses ancêtres… Elle a beau plaisanter de tout ça, je suis vaguement inquiet. Ce n'est sûrement pas un simple bizutage bon enfant.

*

*   *

Nuit. Fleuve. Barque. Nous glissons sans bruit sur le fleuve Ouémé en remontant le courant vers le Nord. Heureusement nous sommes loin de la période des pluies : il est calme et presque à sec. Il faut juste éviter les îles feuillues qui trouent sa surface et faire attention aux fonds de terre et de sable qui affleurent par endroits sournoisement. Les bateliers enfoncent leurs pagaies avec détermination, et le pilote manie calmement son immense perche sur l'arrière de la barque pour l'éloigner ou la rapprocher du centre. Nous remontons vers la forêt primitive et l'obscurité des origines, comme le héros de Conrad dans « *Coeur des ténèbres* », à la recherche de Kurtz.

J'ai embarqué seul ce soir sur cette barque à fond plat descendue à ma rencontre depuis le nord de Bonou et qui vient de bifurquer vers tribord pour remonter maintenant un affluent du fleuve Ouémé. Je n'ai pas voulu qu'Akou m'accompagne sur cette barque. C'est une affaire qui doit se traiter entre deux hommes : son grand-père

Kofi et moi. Je lui demande, et il m'accorde, ou non, sa petite-fille. C'est à l'ancienne. Et je ne suis pas sur mon territoire : je suis l'étranger qui arrive mains nues et qui sollicite un trésor. L'a-t-il mérité ? Qui va en décider ?

Les bateliers sont muets, immenses et secs comme leurs pagaies et leurs perches. Je sais qu'ils sont tous morts, depuis longtemps, peut-être revenus des Amériques quand l'épuisement et la maladie les ont libérés de leur esclavage. Eux seuls peuvent me conduire jusqu'à celui qui m'attend : le gardien du trésor antique. La surface noire de l'eau résiste à la poussée de l'étrave, mais la barque sait où elle va. Vers le coeur caché de la forêt, loin du littoral, loin du fleuve, loin de l'agitation du Sud, de la poussière, des camions, des klaxons, des bateaux, des avions, des trains, des bus, des voitures et des mobylettes, loin du grouillement des hommes de la ville et de leur course incessante au plus d'argent. Vers la vérité, l'authenticité, le silence et le dénuement des hommes de la forêt.

L'homme de proue a allumé sa torche et scrute les rives à la recherche d'indices d'approche. A son commandement les bateliers ralentissent leurs attaques de pagaie. Puis son bras droit se tend. Le pilote, appuyé sur sa perche, nous fait obliquer à tribord vers de petites lumières cachées au fond d'une anfractuosité de la rive gauche. La barque s'avance entre deux rangées de torches immobiles qui dessinent le chemin vers le village. Ce sont les hommes de Kofi, dont on distingue à peine le visage, qui nous guident et nous accueillent. Ils nous attendaient.

Notre barque s'échoue sur la rive. Je mets pied à terre. Un gardien coiffé d'un masque de bois avec des cornes de gazelle me fait signe de le suivre avec son bâton fait de deux branches entrelacées. J'emboîte son pas. Je me guide sur les peintures blanches qui couvrent son dos et qui brillent à la lueur des torches.

La case de Kofi est tout au bout, au fond de la place du village, éclairée par un croissant de torches. Kofi m'attend sur le seuil, assis sur son trône de bois, appuyé sur son sceptre, le regard droit et haut, il me regarde avancer, seul.

Je crois connaître les questions qu'il va me poser. Je ne sais pas ce que je vais lui répondre. Je sais qu'il va me tester. Je ne sais pas si je vais être à la hauteur et surmonter ces épreuves.

J'ai promis à Akou.

Je m'arrête à cinq mètres du trône et j'attends.

« Qui es-tu étranger ? Et que veux-tu ?

— Je suis Andrea. Je viens me présenter à toi parce que je veux vivre avec Akou, ta petite-fille.

— Tu veux entrer dans ma famille ?

— Oui.

— Alors tu dois t'en montrer digne. D'abord es-tu homme ou femme ?

— Homme.

— Alors pourquoi les Italiens t'ont-ils donné un prénom de femme ?

— Ce n'est pas un prénom de femme. Beaucoup d'hommes portent ce prénom dans mon pays.

— *Ici tu ne peux pas garder ce prénom. La coutume exige que je te donne ton vrai prénom. Quel jour de la semaine es-tu né ?*

— *Un jeudi.*

— *Yawodagbé. Alors tu t'appelles Yawo. C'est ton seul prénom véridique. Ta vérité est inscrite dans ses quatre lettres.*

— *Que dois-je faire maintenant ? A quelles épreuves dois-je me soumettre ?*

— *Ton initiation est terminée. Tu as changé de nom, c'est l'essentiel. Désormais tu es des nôtres et je peux te confier Akou. Elle a trouvé son Yawo. Cette nuit tu vas te coucher seul dans cette case derrière la mienne, sur une natte à même le sol, tu ne vas pas dormir mais réfléchir toute la nuit à ta nouvelle vie et prendre tes résolutions. Demain Akou viendra te rejoindre : tu lui diras si tu es prêt. Alors nous pourrons faire le banquet des fiançailles, comme vous dites en France. Tout le village va chanter et danser pour vous deux, et je poserai mes mains sur vos têtes pour vous dire que vous êtes désormais mes petits-enfants. »*

BELLE SOEUR

Le plafond de nuages s'est déchiré et le disque aveuglant de la lune a brusquement illuminé le voilier et la masse noire qui l'enserre. Le mouillage est calme dans cette crique du sud de l'île d'Elbe. Le balancement de la coque, les reflets sur le dos des vagues m'ont bercé et j'ai dû m'endormir au lieu de faire le guet. Je suis vautré sur la banquette, un verre vide à mes pieds.

Je réalise soudain que je ne suis pas seul : Abra a dû se réveiller et elle est montée me tenir compagnie. Elle a un regard étrange ce soir, comme vide ou absent ou venu d'ailleurs. Sa peau plus noire que la mer brille sous la lune. Elle a un chemisier blanc transparent qui descend jusqu'à la limite de son string noir que je devine à peine. Elle vient s'asseoir à mes pieds, pose sa main et sa tête sur ma cuisse, et me caresse très lentement. Ses yeux se tournent vers les miens et ses immenses lèvres bleues susurrent quelques mots étouffés que je n'entends pas.

Je sais exactement ce qu'elle va faire : faire glisser mon maillot, caresser mon sexe avec ses mains, ses cheveux puis ses lèvres, l'engloutir peu à peu vers le fond de sa bouche et me faire grimper toutes les marches jusqu'à ce que je perde le contrôle, que j'accepte de tout lâcher, de tout lui donner. Elle va lever un oeil vers ma tête pour contempler la montée de la jouissance et ma métamorphose progressive. Je vais devenir un autre, ailleurs, perdu, sans repères, pris dans le maelström de la transe, à sa merci.

De l'escalier de la cabine ont surgi deux yeux blancs qui percent une tête noire : Akou est là qui nous regarde, figée, muette, sans la moindre expression d'étonnement ou de reproche.

Je ne peux pas supporter ce regard : il faut que je choisisse.

Abra se relève et se dirige vers la poupe. Elle commence à descendre les marches qui s'enfoncent dans la mer. Je la suis, aimanté, j'emboîte son pas. Elle me lance juste un dernier regard par dessus son épaule avant de laisser son corps d'huile glisser sans un bruit dans l'eau noire qui se referme sur elle. J'avance un pied et je vise le creux dans lequel elle vient de disparaître. Elle me montre la route qui descend vers le centre. C'est ma seule issue.

ABRA

LE POISSON VOLANT

C'est surprenant la mort.

Je suis morte depuis un an mais je continue à rêver. Je ne fais que ça en fait, nuit et jour : je ne dors jamais, je rêve toujours.

Parfois je m'introduis dans le rêve d'un autre, je me montre à lui, je viens l'énerver, l'exciter ou le culpabiliser, je lui fais des signaux ou lui glisse quelques paroles. Mais j'ai du mal avec les discours.

Parfois je me laisse embarquer dans mon propre rêve, ou je revis un épisode de ma vie, ou j'imagine comment ça aurait pu se dérouler si un tout petit détail avait changé, ou même je laisse filer mon imagination et alors mes fantasmes se concrétisent sous mes yeux. Je vis toutes les vies que je n'ai pas eues.

C'est sûrement ça être mort.

La nuit je m'occupe des rêves des autres, mais la journée j'ai tout mon temps pour laisser dériver mes images. La journée est pour moi seule.

D'abord je me glisse entre les bras de la mer et je me laisse aspirer vers le haut par un tourbillon, comme dans un ascenseur. Je vois arriver les lumières de la surface. Les petits poissons minuscules m'abandonnent en chemin : ils n'aiment pas le soleil, c'est trop fort pour eux, ils retournent vers le fond noir avec leurs scintillements qui clignotent.

Ma tête troue la surface dans un grand bruit de vague. Je me laisse un peu flotter pour admirer la mer entre Bastia et l'Italie. Je fais le tour de l'île d'Elbe puis j'oblique vers le sud et je commence à me laisser glisser entre les bras de l'air. Je me vrille à nouveau et me laisse emporter par l'ascenseur aérien. Sardaigne, Tunisie, Algérie, Niger. Je poursuis un peu vers le sud-ouest. J'approche du Bénin. Je peux commencer à descendre.

Ce que j'aime le plus c'est planer au-dessus de l'Afrique et de temps en temps descendre sur les fleuves ou sur la forêt. Je vois l'Afrique comme jamais je ne l'avais vue pendant 18 ans.

*

*   *

Soleil écrasant. Le fleuve Ouémé serpente mollement entre les arbres. Ce sont les basses eaux. Je remonte vers sa source et je croise quelques barques qui descendent vers Cotonou. C'est le matin. Des rubans de brume témoins de la nuit sont restés accrochés aux plus hautes branches, prisonniers de leur chevelure. Je quitte le fleuve et remonte à droite le petit affluent qui conduit à mon village. Il n'a pas de nom, il ne figure pas sur les cartes de mon livre de géographie : c'est juste ma rivière, celle qui traverse mon village et dans laquelle j'ai pris mon premier bain avec mes frères et soeurs et avec mon chien.

La grande place ocre est vide à cette heure-ci. Les villageois sont tous partis aux champs, à la cueillette ou à la chasse. Quelques vieux gardent les cases, assis devant la porte avec leurs chiens. Les seuls bruits viennent de la grande case sans murs qui abrite l'école. Ce sont des voix d'enfants qui scandent, chantent et rient. Je descends un peu et la contourne. J'étais assise là il y a une quinzaine d'années et je chantais moi aussi les lettres, les syllabes et les mots. Le français, cette musique étrange que tout le monde voulait me faire chanter correctement pour que je m'en sorte, que j'aille à la grande école de la ville, au Lycée, puis peut-être même à la Fac en France avec ma soeur.

Je ne veux pas quitter mon village. J'ai trop peur : là-bas c'est plein de bruits, de voitures, de gens qui s'agitent, de violence. C'est pas la place d'une petite fille. Je veux rester chez ma mère, cultiver le jardin et faire la cuisine avec elle dans le grand chaudron noir qui fume sur le feu de bois devant la maison.

Je ne veux pas grandir, devenir une femme obligée de se marier et de faire des enfants. Alors je fais exprès d'avoir tout faux à l'école : je lis tous les mots de travers et je mélange mes tables de multiplication. Et en

plus je fais plein de taches d'encre sur mon
cahier.

*

* *

Ce matin je survole Cotonou et je
descends vers le Collège Père Aupiais. La cour
de récréation est comble. Les élèves crient,
courent, se bousculent. Je suis terrorisée. Les
filles de ma classe de sixième font vingt
centimètres de moins que moi. Tous les grands
garçons viennent me tourner autour parce que
j'ai l'air d'avoir quinze ans et non pas dix. Je
suis déjà une proie, et personne pour me
défendre. J'attends le soir avec impatience,
quand tous les garçons seront partis et qu'on
se retrouvera entre filles dans notre dortoir.
Alors je pleurerai sur mon lit en pensant à mon
village. Ma voisine Essie viendra s'asseoir
près de ma tête et me consolera en caressant
mon visage et mes cheveux et en me parlant
dans le creux de l'oreille.

Je traverse un terrain vague derrière le Collège. Je reviens de mon entraînement d'athlétisme au stade. La nuit tombe déjà. J'accélère le pas pour rejoindre mon internat avant qu'il n'y ait plus rien à manger en cuisine. Il fait très chaud. Je suis en short de coureuse de 400 mètres, satin vert, bordures blanches, fendu sur le côté. Je n'ai rien sous mon débardeur, je préfère ne pas être serrée pour courir, mes seins ne me gênent pas. Je contourne une ruine de briques crues qui avait dû autrefois abriter des outils. Quatre garçons sont assis derrière en train de boire et de fumer. Ils rigolent et sifflent en me voyant approcher. « Tiens voilà le dessert ! » dit l'un d'eux avant de se lever et de me couper la route. Mon coeur s'arrête : je sais ce qu'ils vont me faire. Ce sont des colosses, surtout deux d'entre eux. Ils vont me tirer par les bras et me jeter à terre sur le sol de la maison en ruine. Ils vont me bloquer les bras et les jambes, et le grand va m'arracher le short. Puis ils vont se succéder entre mes jambes. Je ne vais pas crier, sinon ils vont me frapper en plus. Je ne vais pas avoir mal si je ne me crispe pas : Essie me l'a dit, ça lui est déjà arrivé. Elle a pleuré en rentrant chez elle, mais n'a rien dit à personne ; elle a pris une douche, puis a essayé de penser à autre chose, à son petit ami qui est si attentionné. Moi je n'aurai jamais de petit ami : je hais les garçons. Tous.

*

*   *

Je suis morte et du coup je n'ai pas accouché : je porte toujours mon petit garçon dans mon ventre, le fils de mon patron du salon de massage, celui qui voulait me faire avorter. Je lui parle sans arrêt pour lui expliquer tout ce que je vois dans mes rêves et tous les endroits que je revisite dans mes souvenirs. Comme il n'a pas de jour de naissance je n'ai pas pu lui donner un prénom, alors je l'appelle « Toi » ou « Mon Bébé ». Il me parle lui aussi quand il sent que je suis triste en pensant à certains mauvais souvenirs. Il me dit que tout ça c'est fini et que ça va aller maintenant : rien ne pourra nous séparer lui et moi. Jamais. Plus jamais.

*

*   *

La nuit s'achève. J'ai fini de me faufiler dans les rêves de la bande du voilier. J'ai vu que je ne leur manquais pas, qu'ils étaient au contraire soulagés par ma noyade, et qu'ils allaient pouvoir continuer leurs petites vies de couples pépères avec leurs illusions, leurs secrets, leurs mensonges et leurs fantasmes qu'ils n'oseront jamais réaliser qu'en rêve.

Mon regard les gênait, et ma liberté aussi.

J'ai sauté à l'eau toute seule, cette nuit-là, mais c'est comme s'ils m'avaient tous poussée hors du voilier : bon débarras !

Je retourne chez moi, au fond de la mer. Je vais pouvoir continuer à rêver à des choses plus agréables, juste pour mon bébé et moi.

Mes pieds trouent la surface noire, mon corps pénètre lentement le corps de la mer comme une vrille. L'eau m'enveloppe et vient caresser mon petit ventre rond. Mon bébé tourne aussi en miroir sous la caresse, je sens qu'il sourit en retrouvant les bras de la mer. Les bancs de petits poissons phosphorescents s'approchent, curieux, pour m'identifier. Ils me reconnaissent, et espiègles, m'escortent en me frôlant jusqu'à l'épave du galion. Je me glisse par une écoutille.

Je suis enfin chez moi.

Mon bébé repose dans l'eau de mon ventre. Je repose dans le ventre de la mer.

Nous sommes emboîtés l'un dans l'autre, tous les trois, comme des poupées russes. Tout est parfait.

LECTURES

Les 42 rêves ici rassemblés peuvent être lus en suivant plusieurs trajectoires.

Par rêveur : c'est l'ordre que vous avez suivi jusqu'ici (cf. **Table 1**).

Par thème (cf. **Table 2**) :

Kinesis (Mouvement)
Vergógna (Honte)
Gelosía (Jalousie)
Eros (Libido)
Angustia (Angoisse)
Thanatos (Mort)
Caeremonia (Cérémonial)
Metamorphosis (Métamorphose)

Par ordre alphabétique, tout simplement, c'est-à-dire au hasard
(cf. **Table 3**).

Des « choses » différentes vous apparaîtront selon votre ordre de lecture, et la signification que vous pourrez donner à l'ensemble de ces textes en sera probablement modifiée.

A vous de décider des trajets de votre voyage et de comparer.

Ce sera votre lecture.

TABLE 1

(Par rêveur)

TABLE 3

(Par ordre alphabétique)